U0853600

创意写作书系

本书由雷蒙德·卡佛作序（With a Preface by Raymond Carver）

成为小说家

ON BECOMING A NOVELIST

约翰·加德纳（John Gardner） 著

孟庆玲 伊小丽 译

王更臣 校

中国人民大学出版社

·北京·

“创意写作书系”顾问委员会

（按姓氏笔画排名）

刁克利	中国人民大学
王安忆	复旦大学
刘震云	中国人民大学
孙　郁	中国人民大学
劳　马	中国人民大学
陈思和	复旦大学
格　非	清华大学
曹文轩	北京大学
梁　鸿	中国人民大学
阎连科	中国人民大学
葛红兵	上海大学

序

很久以前——1958年夏天，我和妻子带着两个幼子从华盛顿州的亚基马搬到了加利福尼亚州奇科城外的一个小镇。在那儿我们找了一栋老房子，每月房租25美元。为了筹措搬家费，我不得不向一个药剂师借了125美元，之前我一直为他送处方药，此人名叫比尔·巴顿。

这也间接说明，那时我和妻子已经身无分文。尽管只能勉强糊口，我还是打算去当时的奇科州立学院读书。不过在我的记忆中，早在我们搬到加利福尼亚去追寻与众不同的人生，并赚取属于我们的那份美国馅饼之前，我就想当一名作家了。我想写作，而且什么题材的作品都想写——当然小说最好，也想写诗歌、戏剧、电影脚本，为《户外探险》、《真实》、《商船队》以及《侠盗》等杂志（我当时读的一些杂志）撰稿，或是为当地报纸撰稿——只要能把词句串在一起，写出点前后连贯、于人于己都还有点意思的东西就行。可是，在搬家的时候，我感觉自己得继续深造才能成为一个作家。的确，那时候我非常看重教育——比现在看重得多，可那是因为我现在年龄大了，也接受了教育。此外，也因为我们家还没有人上过大学，甚至连八年的义务教育都没人读完过。那时候我一无所知，但是我知道自己一无所知。

所以，当时的我不只怀揣着继续深造的愿望，还有很强的写作欲望；写作的欲望是如此强烈，即使是“自知之明”和“残酷的事实”——生活中的种种“现实”——一次次地提醒我放弃、别再做梦、安安静静去干点其他事，我还是凭借在学校里得到的一点鼓励和领悟笔耕不辍。

那年秋天在奇科州立学院，我报了多数大一新生必修的课程，也报了一门名为“创意写作 101”的课程。这门课程由一位名叫约翰·加德纳的新老师讲授，此人多多少少有点神秘和传奇色彩。据说之前他在欧柏林大学执教，但是由于某种不明原因离开了。有个学生说加德纳被解雇了——和其他人一样，学生们对流言蜚语和花边新闻同样津津乐道，还有个学生说加德纳折腾了一番后就辞职了；还有人说他在欧柏林大学每学期要给新生上四五门英文课，工作量太大，根本没时间写作。据说加德纳是一位真正的作家，即一位正在创作的作家——一位写过小说和短篇故事的作家。无论如何，在奇科州立学院他要给我们上“创意写作 101”这门课，而我报名选了这门课。

要听一个真正的作家上课，我觉得非常兴奋。在此之前我还没见过一个真正的作家，所以他让我肃然起敬。但是我想知道这些小说和短篇故事到底在哪里。这个嘛，一篇都还没发表出来。听说他发表不了这些作品，就把它们装在箱子里，走到哪儿带到哪儿。（我成了他的学生后，后来见到这一箱一箱的手稿了。加德纳知道我很难找到一个可以潜心工作的地方。他知道我拖儿带女、家里空间促狭，于是主动把自己办公室的钥匙给了我。现在看来，这份恩惠成了我的一个转折点。这不是随意的施舍，我将这把钥匙看作了某种授权——事实上也的确如此。每个周六和周日我都会在他的办公室待上一阵子，他那一箱箱的手稿就放在那里。那些箱子就摆在办公桌旁边的地上，摞成一摞。其中一个箱子上用彩色铅笔写着“镍山”——我现在只记得这一个书名。但正是在他的办公室里，看着他那些未曾出版的书稿，我才真正开始尝试写作。）

我第一次见加德纳的时候，他正坐在女子健身房的登记台后面。我在班级花名册上签了名，领了一张课程卡。他跟我心目中的作家形象相去甚远。事实上，那个时候他打扮得像个长老会牧师，或者像个联邦调查局的特工。他总是穿一身黑西装、白衬衫，打着领带，还留着小平头。（跟我年龄相当的年轻人当时多数都留着所谓的“鸭尾巴式”发型——头发顺着鬓角往后梳，一直梳到后脑勺，再用头油或是发蜡定型。）我是说，加德纳看起来中规中矩。再多说几句，他开着一辆黑色四门雪佛兰汽车，车上配的是黑墙轮胎，这辆车连车载收音机这样的配置都没有。我认识他并拿到他的办公室钥匙之后，就经常在他的办公室写东西。周日上午，我会坐在窗边的桌子前，在他的打字机上敲个不停。但是我还会留心看着他的车有没有开过来，停在前面的街上，每个周日都是如此。加德纳和他的第一任妻子乔安，都穿一身庄重严肃的黑衣，从车上下来，沿着人行道走向教堂去做礼拜。一个半小时后我再看着他们走出来，沿着人行道走回那辆黑色汽车，驾车离去。

加德纳留着小平头，穿着打扮像个牧师或是联邦调查局特工，每个礼拜日去教堂做礼拜。但在其他方面，他可不是这么中规中矩。他上课第一天就打破常规了：烟不离手，在教室里也抽个不停，拿一个金属废纸篓当烟灰缸。那时候还没人在教室里面抽烟。用该教室上课的另一位老师告了他一状，加德纳只是和我们说这个人小肚鸡肠、心胸狭隘，然后打开窗户，又抽上了。

对于班里那些写短篇小说的学生，他的要求是写一篇长度为10～15 页的故事。对于那些想写小说的人——我觉得肯定有一两个这样的人，他的要求则是写出一个 20 页左右的章节和其余章节的提纲。关键之处在于，学生交上来的这篇短篇小说或者小说的章节，在这个学期中可能需要反复修改多次才能让加德纳满意。一个作家要不断审视自己要表达的内容，并且在这个过程中找到自己真正想表达的内容，这才是他倡导的基本宗旨。这种审视或是更清楚的观察要通过修改才能实现。他推崇修改，不停地修改。他认为，不管作家处于哪个发展阶段，修改都至关重要。而且对于重读学生的作品，哪怕是之前已经读过五份修改稿，他依然不厌其烦。

我想，他在 1958 年时对短篇小说的看法和他在 1982 年时的看法基本一样，就是故事要明显地具备开头、中间和结尾三部分。有时他会走到黑板前画一个示意图来说明他的观点，故事中情感的起伏——巅峰、低谷、平稳期、成功解决、落幕等。尽管非常努力，我还是无法对这些东西产生太大兴趣；也无法真正理解他在黑板上写的内容。但是我理解了在课堂讨论中他评价学生作品的那种方式。比如，加德纳有可能会大声质疑学生要写一个关于跛子的故事，却在故事的结尾才交代主人公跛足的事实。“那么你认为让读者看到最后一句才知道这个人是个跛子是个好主意吗?”他的口吻就透着不以为然，全班同学——包括作者本人——很快就明白了这不是个好的写法。把重要的和必要的信息瞒到故事结尾再告诉读者，并希望以此让他们大吃一惊，这种做法是作弊、撒谎。

加德纳在课堂上总会提到一些我不熟悉的作家，或者是虽然我知道这些作家，却从来没读过他们的作品：康拉德、席琳、凯瑟琳·安·波特、艾萨克·贝布尔、沃尔特·范蒂尔堡·克拉克、契诃夫、霍滕斯·卡利舍、柯特·哈纳克、罗伯特·佩恩·沃伦，等等。（我们读过沃伦写的一部作品《黑莓之冬》。出于这样或那样的原因，我不太喜欢这部作品，就跟加德纳说了。“你最好再读一遍。”他说。他可不是开玩笑的。）威廉·加斯是他提到的另外一个作家。那个时候加德纳正在筹备他的杂志 *MSS*，与此同时还打算在首期刊出《佩德森小子》。我开始读尚未付印的原稿，但却看不懂，于是我再次向加德纳诉苦。这次他没让我再读一遍，只是把稿子拿走了。他提起詹姆斯·乔伊斯、福楼拜以及伊萨克·迪内森时如数家珍，仿佛他们就住在尤巴城内离他不远的地方。他说：“我在这儿除了教你们怎样写作，还要告诉你们该读谁的作品。”我每次下课时都头昏脑胀，然后径直奔向图书馆去找他所说的那些作家的作品。

当时，海明威和福克纳是泰山北斗级的作家。但是这两位的作品，我总共只读过两三本。反正，他们那么出名，老有人提起，他们不可能真有那么好，是吧？我记得加德纳这样对我说：“把你能找到的福克纳的作品全读了，然后再去读海明威的全部作品，再把福克纳从你的心中清除出去。”

有一天他带了一箱“小”期刊，也就是文学期刊到班里，让我们互相传阅，熟悉它们的名称，看看它们的外观，感受一下把它们拿在手里的感觉。他告诉我们，全国绝大多数优秀的小说以及诗歌、散文、新书书评、作家对作家的评论等都刊登在这些杂志里。那些日子我每天都因为新的发现而欣喜若狂。

他为我们班上的七八个同学订购了厚重的黑色活页夹，让我们把写好的作品放进去。他自己的作品也放在这样的活页夹里面，他说，当然我们也可以这样做。我们把自己的作品放在这些活页夹里面随身携带，感觉自己与众不同、高人一等，也确实如此。

我不知道加德纳怎样跟别的学生讨论他们的作品，我估计他对每个人都一视同仁，非常关注。但是我一直觉得在那个时期他对我的作品比我期望的更用心，看得更仔细更认真。从他那里得到的点评意见是我始料不及的。在讨论前，他就已经对我的作品圈圈点点，划掉那些不可接受的句子、短语、单词，甚至于一些标点符号；他还让我明白这些删减是不容商量的。在某些情况下他会给句子、短语或是单词加上括号，这些就是我们要探讨的事项，这种情况是可以商量的。而且他会毫不犹豫地往里面添加内容——这里或那里添上一个单词，或是几个单词，或是一句话，让我的表达更清楚一点。我们甚至会讨论我作品中的逗号，就好像那一刻世界上其他的事情都不重要了——而且也确实不重要。他总是留意寻找作品中的亮点。当一句话、一段对白或是一段叙述能让他觉得喜欢，或是有什么表达让他觉得“好使”，能让故事朝着理想的方向或是出人意料的方向发展，他就会在页边空白处写上“不错”或是“好”这样的字眼。看到这些评价，我就倍感欢欣鼓舞。

他对我的作品就是如此细致入微、逐字逐句地点评，并说明做出这些点评的理由，为什么应该是这样而不是那样；在我成为作家的道路上，这样的点评是弥足珍贵的。这样深入细致地探讨过文本之后，我们就会讨论作品的宏观方面、作品试图揭示的“问题”或者打算解决的冲突，以及故事本身是否契合小说写作的宏观框架。他深信，如果因为作者不够敏感、粗枝大叶或是感情用事致使作品中的词语含糊不清，那么作品本身就存在重大缺陷。但是更为糟糕、我们都应不计代价避免发生的情况是：如果措辞和情感不真实，作者只是在装模作样写一些自己都不喜欢、不相信的东西，那么就根本不会有人喜欢他写的东西。

一个作家的价值观和技能，这就是他传授给我的，也是他所主张的，是在那段短暂却又珍贵的时光中沉淀在我心中的财富。

在我看来，加德纳的这本书睿智而又中肯地探讨了成为并且作为一个作家应该具备的基本素养。书中处处可见常识、豁达大度及一系列不容置疑的价值标准。阅读此书，读者一定会被作者的绝对诚实以及崇高的人格所打动。如果你注意到的话，作者在书中一再说：“根据我的个人经历”，根据他的个人经验——也是我的经验，我作为创意写作教师的经验，写作的某些方面的技巧是可以传授的，可以传授给其他年轻一些的作者。对于那些对教育和创造行为真正感兴趣的人来说，这样的观点应该不会太出乎他们的意料。大多数优秀的甚至是杰出的指挥家、作曲家、微生物学家、芭蕾舞女演员、数学家、视觉艺术家、天文学家或是飞行员都曾师从年长的、技能更熟练的前辈。上创意写作课和上陶艺课以及医学课一样，本身并不能让人成为伟大的作家、陶艺家或是医生——甚至不能让学习者擅长这些事。但是加德纳深信，上一门这样的课也不会妨碍你什么。

不管是选修创意写作课还是讲授创意写作课，其中一件比较危险的事就是——这里我也是依据自己的经验说话——对青年作者过分鼓励。但我还是效仿加德纳，宁愿冒着这样的风险也不愿意矫枉过正。即使是关键指标剧烈波动、水平忽高忽低时（人在年轻和仍需学习进步的时候往往会这样），他也在不断鼓励。和一个想从事其他行业的年轻人相比，一个年轻的作者同样需要鼓励，我甚至愿意给予更多鼓励。不言而喻的是鼓励必须是真诚的，而绝不可以是天花乱坠地吹捧。本书特别好的一点就是鼓励的质量绝对靠得住。

我们所有人都经历过失败和希望的破灭。我们都会在某个时刻怀疑自己，觉得生活没有按照预期的轨迹发展。到你 19 岁的时候你已经完全清楚自己成为不了什么样的人；但很多时候，我们往往要到青春晚期、中年早期才意识到自己的局限，才能真正透彻地了解自我。对于那些一生下来就没有作家天赋的人来说，再怎么教、再怎么学都不可能成为作家。但是那些从事一种职业、响应一种号召的人注定要经历挫折和失败。这个世界上有失败的警察、失败的政治家、失败的将军、失败的室内设计师、失败的工程师、失败的公交车司机、失败的编辑、失败的图书代理、失败的商人，当然也有失败的、心灰意冷的创意写作教师以及同样失败和心灰意冷的作者。当然，约翰·加德纳不属于上述种种，大家看了这本绝妙好书之后自然就会明白。

言短情长，无以回报；思念之情，无以言表。曾幸得聆听教诲，蒙赐鼓励，已是三生有幸。

雷蒙德·卡佛

前言

据我揣测，凡是看看本书的前言以确定这本书值不值得买回去，或者要不要从图书馆借出来，或者要不要偷走（千万别这么干）的人无非出于两种可能：要么是刚刚起步的小说家，想知道本书是否会有所帮助；要么是写作教师，希望能不费太多劲就能知晓这次又要对着的那些打算自学成才的冤大头们要什么花招。诚然，即使作者用心良苦，大部分写给写作初学者的书价值都不太大。无疑，和其他书一样，本书也难免有不足之处。在此请允许我一一历数本书写作的来龙去脉和写作意图。

做了二十多年的读书会和讲座，并经常讲授创意写作课，对在必不可少的问答环节会出现的那些问题，我已经了然于胸——有的乍一看只是礼节性的问题（例如，“您是用铅笔，还是用钢笔，或是在打字机上写作呢?”）；有的问题则非常专业并且饱含浓厚兴趣（例如，“对于想成为小说家的人来说，您认为是否需要大量阅读经典著作呢?”）；有的问题则小心翼翼且严肃认真，仿佛提出的问题事关生死。其实，对于提问者而言，这些问题很可能是这样的，比如，“我如何知道自己能不能成为一名真正的作家呢?”本书汇集了笔者对这些问题的审慎思考，这些问题都是笔者认为重要的，当然也有一些问题在业余人士听起来不那么重要，而我认为比较重要。我的答案都很直接，但难免有些东拉西扯，因为我想尽可能全面地作答，包括那些提问者本人想说却没有说出口的话。我发现，有些作者想当然地以为，在礼堂或是写作课上提出的每一个问题，本质上都是无聊的，要么是为了吸引大家的注意，要么是为了奉承来客以便能够使接下来的事情正常进行，要么只是心血来潮。而我的拙见却恰恰相反。我认为，人们在课堂上和礼堂里的表现像在其他地方一样，远比那些愤世嫉俗之人所想的要聪明得多、高尚得多。我想，对写作不是真的感兴趣的人不会读这本书，同样，我认为即使我在某个题目上说得过多，真正深爱写作的人也会原谅我，因为他会赞同我的初衷，认为这样做有用，而且说得透彻。

当然，我在此所说的只是一己之见——基于多年写作、阅读、教学、编辑以及与作家朋友们探讨的经验之谈，但仍然只是见解而已，因为艺术不同于几何和物理，其确定性还经不起检验。为此，在有些读者听来，我的一些话无疑是极其不靠谱，甚至是不入耳的。在有些话题上，比如说作者研讨会，我们总是倾向于手下留情，或者听到些过于简化的回答就心满意足。但是我觉得，作为本书的最主要的读者，即极其严肃认真的写作初学者，他会奋不顾身地追求真理，这样他才能为了艺术规划自己的人生，才能避免因过分追逐技巧、理论和态度而误入歧途，才能尽早成为大师。

从某种意义上来说，本书有点精英主义。我的意思并不是说本书主要是写给那些非常专业的小说家的，只针对一小部分高端精英读者，但是我会将本书推荐给此类作家，让他们作为工具书，也作为人道主义精神的论据。我所说的精英主义比较中庸，倾向于中等阶层。本书主要是写给这样一些读者的：他们渴望的不是不惜代价地发表作品，而是发表一些能让自己引以为豪的作品——严肃、诚实的小说，那种让读者读了又读、富有生命力的小说。精工细作——不是价廉质劣、偷工减料，不走捷径，即使是细枝末节也绝不信口开河（比如说，准确到一个人发火的时候会拿起什么东西往墙上摔，或是某个人物实际上会含糊地说 you aren't，而不是更肯定地说 you're not），简而言之，精雕细琢，仅是花费的心血就足以让你过目不忘，让读者和作者都能身心愉悦、感受生命的价值和尊严。本书是写给那些刚刚起步的小说家的，他们业已明白，用心写作远比用心发表作品更让人心满意足。

虽然我会不时地给点大家觉得可能还有些价值的建议，但本质上来说，这不是一本关于写作技巧的书。并非我不欣赏关于写作技巧的书——实际上，我自己也写过一本这样的书，还让学生作为教科书使用，并且逐年进行修改、加以增补，希望迟早有一天可以让自己觉得能够发表。但是现在这本书的目标要更宏大也更卑微：我只是试图去应对，如果可能的话，去消除那些刚刚起步的小说家心中的担忧。

帮助那些刚刚起步的小说家克服心中的担忧，乍一看或许是件傻事。但是回想我自己刚刚学习写作的那几年，以及我和其他初学写作者打交道的经历，其实这也不是件傻事。全世界的人似乎都和年轻的小说家过不去。一个年轻人如果宣称自己打算成为医学博士或电气工程师或护林员，绝不会立马遭遇一连串的善意劝解，告诉他这个抱负太不现实、遥不可及，而且费时费心。“去吧，试试看。”我们嘴上这么说，私下里却想：他即使读不到医学博士，总是可以当个骨科医生的吧。但是，且不说亲戚朋友和那些职业作家们，光是写作教师、写作教程就立马会指出为什么一个人成为成功作家的希望渺茫。他们说：“写作需要一种罕见的特有天赋”（并不尽然）；“写作市场每况愈下”（大错特错）；“你会饿死的”（或许会这样吧）。其实，其他人的打击是最微不足道的。创作一部小说需要耗费大把时间，至少对大多数人来说是这样的，而且精神上的压力和考验是作者难以忍受的。日复一日，年复一年，作者会不断自问：自己是否在自欺欺人，质疑为什么居然还有人写小说——花费那么多时间和精力去研究那些压根不存在的人物，去研究他们的希望、快乐和不幸。作者的意志或许会因为愤世嫉俗而逐渐动摇，而作者的伴侣也开始闷闷不乐、局促不安。那些写电视剧本的白痴们大把大把地赚钱，而在凡夫俗子中鹤立鸡群的这个圣徒，也就是小说家却只能靠在加油站给人加油、打印备忘录或者是卖保险才能让孩子们填饱肚子。或者还会不知不觉沾染上酗酒的恶习，这是这一行的头号职业危害。

几乎无人会提及下面几点，对某一类人来说，如果不是为了经济上的回报，而是出于其他原因，没有什么比成为一个小说家更让人喜悦满足的了；也不需要非得成为愤世嫉俗的人，或者成为酒鬼；事实上我们可以成为一位多多少少有点成就的医学博士、工程师或者是护林员，甚至也可以从事一份不太时髦的工作，当个家庭主妇，当然也可以成为一个小说家——反正有很多小说家，有伟大的也有普通的。本书如实说明小说家的生活是什么样的；小说家应该提防哪些内在和外在的因素；小说家通常可以有哪些合理的期待，不能有哪些期待，试图让人觉得宽慰些。这是一本歌颂和祝福小说创作并鼓励那些真有此打算的读者去试一试的书。对于那些屡试屡败的作者来说，除非他对于小说家抱有不切实际或神秘的看法，最糟糕的事情无非是他发现，写作并非他寻求快乐和满足的最佳领域。做生意不成功的人远比做艺术家不成功的人多。

目录

第一章　作家的本质

几乎每一个初学写作的人都会请教（或希望有胆量去请教）他的创意写作老师或是其他他认为可能会知道答案的人，自己是否真的有当作家的潜质。诚实的回答往往是这样的："天知道。"偶尔也会有这样的回答："绝对有，只要你坚持目标，不放弃。"时不时还会有或者应该会有这样的回答："我觉得你没有这个潜质。"假如那些希望成为作家的人不是只想成为一个能发表作品的人，而是想成为一个真正的小说家的话，即成为一位全心全意写作、不折不扣的艺术家，而不是偶尔有篇作品发表的人——换句话说，如果那位写作初学者就是本书的目标读者的话，这个问题会更容易回答一些，可是那些从事写作教学多年或是认识很多初学写作者的人给出的答案不大可能比上面的答案更清楚、更明确。

事实上，美国现在有那么多的杂志，更不用说其他国家的那些，所以只要足够执着，几乎每个人或早或晚都能发表一篇作品；而且一旦初学写作者在某个杂志（即使是某个不知名的期刊）上发表了一篇作品，那么他就可以在给其他编辑写投稿信时这么说："我以前曾有一篇小说发表在某某期刊上。"这样的话，他就更有可能在其他杂志上发表作品。成功孕育成功。首先，在五六家不知名的期刊上发表作品无形中会确保你的作品最终在有点知名度的杂志上发表，因为当编辑们不能确定的时候，他们往往会受其他地方的发表记录的影响。其次，写作初学者写得越多，发表的作品越多（尤其是当他遇到一位睿智的、愿意给予指导意见的编辑，经过一番书信交流沟通，作品最终得以发表时），他就会变得越来越自信，越来越熟练。至于发表一篇不那么优秀的小说，可能性比我们想象中要大得多——虽然收入可能没那么丰厚。总是有一些出版商在寻找新秀并且愿意冒险一试，包括为数不少的出版商在积极寻求拙劣的小说（色情文学、恐怖小说等）。有些年轻作者，仅凭天生的造化而言，如果不是在某个地方发表了作品，根本不会觉得自己是个真正的作家。尽管出于长远考虑，他们应该最好去改进写作技能，在更好的刊物上发表作品，但或许对于这样的作者来说，最好还是想办法先发表点东西。粗制滥造的作品很难让人忘记，低劣的技巧一旦使用也同样很难废弃不用。就像试图去制止婚外情或是制止高尔夫作弊一样不容易。

想要负责任地答复那些真正想成为作家的年轻人提出的问题，写作教师或是其他人，需要考虑各种指标，尽管没有一个指标是确定无疑的，但它们都可以提供一些有用的线索。有些指标和可见能力或潜在能力有关，有些和性格有关。这些指标没有一个算得上万无一失，部分是因为它们只是相对的，部分是因为作者还可以改进提高——改变旧有的技术习惯或是改变性格，不屈不挠、坚持不懈地不断完善自我，或是在一个更广阔的舞台上，从一个不大可能成为作家的人成长为很有可能成功的作家。

1

从哪里说起都可以，为了方便起见，我就从语言敏感性说起吧。

语文成绩好不一定就意味着有语言敏感性，也就是说，不一定就意味着具有成为作家的天赋，也不一定就对语言的奥妙感兴趣，也不一定明白语言的奥妙之处。与其说语文成绩好与写作初学者的能力有关，不如说与教师的相对能力、敏感性和老练程度有关。并非每一位优秀的作家对句子的节奏、语言的韵味或是词语的内涵和措辞水平（词语释义）都有敏锐的感觉。尽管偶有差池——拙劣的语句、不恰当的暗喻甚至愚蠢的措辞，但一些伟大的作家仍然不失伟大。西奥多·德莱塞可以这样写："他觉得她非常知性地有趣。"这样的语言呕哑嘈杂且沉闷乏味，以至于大多数优秀的作家都会避开不用，可是很少会有读者不承认德莱塞的《嘉莉妹妹》和《美国悲剧》是艺术品。和最能言善辩的语言家相比，耳背的作家只要在其他方面足够出色，最终可能会创作出更深刻、更优秀的小说来。

必须提一句的是，真正艺术家的语言敏感性或许不是寻常的语文老师一眼所能识别的，即使是经验最丰富的语言使用者也未必能一眼看出。比如说，听到"有希望"这个词组被当作"但愿"使用，或是听到政治家们想说"直率"却说成了"愿意提供信息的"，或是听到生意人想说"响应"或"反应"却说成了"反馈"，很多非常在意语言表达的人会觉得惊诧不已。考虑到这种对语言变化的反感，抑或许是对某类人的反感，经验丰富又对细节一丝不苟的人或许会不假思索地摒除一些可疑词语，而这些词语别出心裁又敏感独特。换句话说，真正艺术家的语言敏感性很可能与常见的“作家”迥然不同。那些街头小子玩“骂娘游戏”——互相含沙射影、指桑骂槐骂娘，并非所有的含沙射影都那么符合文法或那么纯粹，实际上他们或许比那些帮助打造约翰·肯尼迪形象的演讲撰稿人更有语言敏感性。此外，正如德莱塞的例子所表明的那样，并不是每一类作家都需要以同样的标准来衡量语言敏感性。一位诗人想要取得成功，就必须对语言有高度的鉴赏力，这种能力如此精细、如此精确，以至于在普通的小说家看来几乎是一种病态行为。因为小说的情绪负荷需要迅速地呈现出来，短篇小说作者虽然不像诗人那样迫切，但也同样需要浓缩抒情。对于小说家来说，高度敏感的鉴赏力有时候反倒是个障碍。

尽管有时候有些伟大的作家可能也会写得比较蹩脚，但天才作家的标志之一就是他具有发现（有时候）或发明真正有趣语言的天赋。他的句子节奏与他要表达的内容衔接得天衣无缝，随着故事的流淌奔涌而出：刻画沉闷呆板的人物时，语言也随之变得沉闷呆板；故事情节雷霆万钧时，语言也随之轰鸣；或是准确地刻画醉汉蹒跚的步态，疲惫老人缓慢、呆滞的神态，半老徐娘卖弄风骚的可笑等形象。对语言敏感的作者会找到属于自己的暗喻，并非只是因为有人告诉他要避免陈词滥调，而是因为他乐于寻找一个恰到好处又生动鲜活的暗喻，一个据他所知还未曾有人想到过的暗喻。假如他用了一个怪词，也绝不会是他那个时代或地方的流行怪词——比如说（在撰写本文时），“无所不在的”或“渣渣”或“不经意地”，他会使用属于自己的怪词，不仅仅是因为他想别出心裁引人注意（尽管这也有可能是一部分原因），而且是因为他痴迷于言辞。不管是否要用在自己的小说中，他对发现言辞的奥妙都兴致勃勃——比如说，“发现”这个词为什么有“揭开盖子”的含义。对于连词成句他也是兴致勃勃，想看看自己写出的句子到底能有多长，或是他能用多少个短句还不被读者察觉。总之，想了解一个作家的潜力，标志之一就是他异常敏锐的语言敏感度以及鉴赏力。

假如一位刚刚起步的作家偶然对语言进行有趣的尝试，实际上，是他在倾听自我并且密切关注词语的用法、查探词语的奥妙，这就足以表明这位作者有成功的希望。尽善尽美、无须改进的天才是压根不存在的。通常如此。作为读者，假如我们开始疑心作者只是片面追求辞藻的华丽，那么我们就开始担心他可能会遇到麻烦了。正常的人，即那些没有被错误的大学教育误导的人，读小说是不会只关注言辞的。他们打开一本小说，期望发现一个故事，希望书里会有些有趣的人物，或许偶然有一处有趣的风景，而且，运气好的话，会有一两个想法——要是有一大堆有趣的内容那就真走运了。尽管也有例外，一般来说优秀的小说家不会太关心语言是否出彩——至少不刻意寻求那种华丽的、让人立马注意到的言辞，他们关心的是如何讲述故事才能打动人心，让读者为之哭泣、欢笑或是焦虑不安。不管这个故事具体是什么内容，只要以最佳的方式讲述出来，都会让读者有如此感受。

打开一本真正精彩的小说，我们只需要读上第一页的 n 个词，就会忘记自己读的是印在纸上的铅字；我们开始看到栩栩如生的形象——一只在垃圾桶里觅食的狗、一架在阿拉斯加山脉上空盘旋的飞机、一位在派对上偷偷舔餐巾的老太太。我们不知不觉陷入梦境，忘记了身处的房间，忘记了午饭或上班的时间。我们在脑海中丝毫不差地重现作者勾画出的情境（改了又改，直到满意），这个梦境生动鲜活、连绵不断，并用语言表现出来，这样其他人想看的时候就可以打开书去重温梦境。要想让这场梦生动鲜活，作者的“语言信号”——他的措辞、节奏、暗喻等——一定得鲜明且充足：如果这些信号含糊不清、模棱两可或是不够充分，让我们无法清晰地看出作者试图呈现什么，那么我们做的梦也就云山雾罩、混乱不堪，最终也会让人觉得心烦意乱、寡淡无趣。要想让这场梦连绵不断，我们绝不能让离题的语言将我们从梦中惊醒，回到白纸黑字上来。因此，如果作者犯了些语法错误，读者就不会再去想那位派对上的老太太，而是会看书上的句子，想看看到底这个句子是不是真的不合语法。如果真的是这样，读者就会想到作者，或者有可能想到编辑：“他们怎么能让他犯这样的错误呢？”读者就是不会再去想那个被打断的故事里面的老太太。

关注语言胜过故事（人物、情节、场景、气氛）的作者不可能创造出生动鲜活且连绵不断的梦境。他太过自我，沉醉在自我诗意中的他，分不清车以及车上的货物和马。所以，在判断年轻作者的语言敏感性的程度时，我们不能只是简单地问：“他有语言敏感性吗？”我们还要问：“他的语言敏感性是不是太过了？”如果他完全没有语言敏感性，那就麻烦了，尽管我曾经说过，他要么有什么才能可以弥补语言上的不足；要么这个不足之处一经指出，他就能改进，那样的话，他还有可能成功。如果作者的语言敏感性过多，那么他的成功——如果他打算写的是小说，而不是诗歌的话，将取决于两点：（1）他是否会关注小说的其他要素？这样的话，出于这些考虑，他就像一个爱说俏皮话的人出席葬礼一样，会略微自我克制一些；（2）他能否找到一个编辑和一群读者，他们能像他一样热爱精美的语言胜过一切。这样的编辑和读者并不常见，其雅致精神致力于一项我们称之为“小说”的经典游戏，并将优雅发挥到了极致。

一般来说，主要关注语言或是完全只关注语言的作家无法胜任小说写作，因为他的性情和性格不适合写小说。我说的“性情”指的是“烙印在”个体身上的本性，与生俱来的自我；我说的“性格”指的是他与身边人沟通的惯常方式。换句话说，我想要区分内在和外在的自我。那些格外喜爱文字的人，有着与众不同的性情，至少大致上一眼就能看出来。词语不可避免地让我们远离它们所象征的现实存在物（真实的树木、石头，张嘴打哈欠的婴儿），并且在我们思维的过程中取而代之。诸如霍布斯、尼采、海德格尔这样的哲学家坚持这样的看法，我们见过的那些喜欢一语双关的人似乎也验证了这个观点。当一个人在社交场合一语双关的时候，在场的人都深信不疑的是——不管我们对这个一语双关者和他的双关妙语多么赞赏，那个一语双关者那会儿有点心不在焉，有点儿跑神了，他生出一些联想，要是他完全参与到社交活动中的话是不会想到这些的。比如说，假如我们正对着裘斯家所拥有的艺术珍品赞不绝口，这时候有位一语双关者开口说道：“乞丐可不会出自裘斯家族！”我们马上就知道他根本没有目不转睛地注视并欣赏面前那幅特纳绘制的风景画。挚爱语言的人或许可以成为一位优秀的诗人、一位优秀的填字游戏的设计者，或是一位优秀的拼字游戏玩家。他或许也可以写出像小说一样的作品，也会受到一个特定群体的追捧，但是他最终可能成不了一流的小说家。

因为种种理由（首先因为他的性格，这让他疏离了现实存在的世界），他不大可能对寻常的主流小说产生什么深情厚谊。在痴迷言辞者看来，小说对现实世界不厌其烦的描述——那些让人物栩栩如生的细节、对关于虚构人物那些流言蜚语持久不断的痴迷、对接下来发生的事情和那天天气具体情况的格外重视，这一切似乎都是愚蠢且冗长乏味的，他觉得自己仿佛置身于垃圾堆中。没有人会日复一日、年复一年地热衷于模仿自己压根不喜欢的人物。痴迷言辞者或许会喜爱某些非常特别、高度智慧的小说家（司汤达、福楼拜、罗伯·格里耶、《芬尼根守灵夜》的作者乔伊斯以及纳博科夫），而有些作家的最大优势是能够活灵活现地展示现实世界的喧嚣（狄更斯、史蒂文森、托尔斯泰、梅尔维尔、贝洛），但是痴迷言辞者钦佩的可能只是他们的次要才能。我并不是说在意语言技巧的人就欣赏不了以人物和情节取胜的优秀作品，也不是说他因天性疏离现实，就铁石心肠地不爱伴侣和家人。我只是想说他对主流小说的喜爱不足以让他延续审美传统，并将之发扬光大。如果他足够幸运，生活在贵族时代，或是找到一个审美圈子——一个不需要考虑大众观点的飞地，那么这位语言匠人或许还能够创造奇迹。可是在由商业出版社支撑的民主时代，只有非凡的自信和执着才能让他继续前行。我们或许都承认（也或许都不承认）他写的这种特色小说是值得被发表的，但是他的意志被消磨了，以至于连他本人都怀疑自己付出的时间以及所处的位置是否与天赋不符，以至于他会觉得自己与大众的想法脱节，或是觉得自己的理想对多数人来说要么毫无意义，要么被视而不见。他既不关注饱读诗书、最富教养的读者爱看的那类小说，也不钟情于自己的特色小圈子，因为他本性里与他们就有极富讽刺意味的距离感，甚至他在内心深处还像福楼拜那样，对人类厌恶、不信任，穷其一生，也只能写出一两本书，或者干脆一本也没有。

由于性格使然——这里我用的是“性格”一词的特别含义，杰出语言匠人创作的小说无非有两种悲惨下场：要么压根就没写出来（这对其读者和自身品位也是一个绝佳的蔑视）；要么作品多愁善感、矫揉造作或索然无味，写得一塌糊涂。

如我所说，要出版小说，必须有一个属于自己的小圈子，或是设法满足普通读者对任何篇幅超过 15 页的作品的第一需求，也就是助推能量——事物在变化、发展、前行。普通的读者需要读下去的理由。有两样东西可以让普通读者继续读下去：观点或故事（在一部优秀的小说中，二者总是有着千丝万缕的联系）。如果只是在重复同一件事，并没有从甲发展到乙，或者故事发展没有结果，读者就会失去兴趣。换言之，如果读者发现书中内容毫无悬念（情节有什么进展，或者故事中的理学家开始相信他学生发出的警告之后会怎么样），他们就会将书搁置不看。每个作者都确信，绝大多数读者都期待书中的故事有所进展（即使根据作者所持的某些理论看来，读者不应该有如此期望），有些作者写的内容和读者所期待的不符——比如说拒绝讲述故事或拒绝提出观点，那么他可能迟早会发现自己写不下去。无论如何，花费毕生精力写小说很难，花费毕生心血去写读者不愿意看的小说更是难上加难。如果世界上有 10～12 个评论家赞扬这部作品，而其余的人都无视它，那么很难让人相信那几个友好的评论家不是疯子。这并不是说严谨的作家要力图为所有人写作——既赢得索尔·贝娄之类的观众，又赢得史蒂芬·金这样的读者。但是，如果一个人写作不考虑受众，只是纯粹追求非常规的美感，那么最终他很可能会心灰意冷。

毋庸置疑，大多数过分关注语言的作者还不至于极端到根本不讲述故事。更多时候，这类作者也着实描述角色、动作和其他，但是这一切都被一层美妙的噪音遮蔽了，作者一直用华丽的说话方式取代说话的内容，最终，人们会开始怀疑，这个作者更加看重自己的语言天赋，而非书中角色。当然，这些怀疑也可能是错的。我认为公正的读者都不会去怀疑狄兰·托马斯小说最根本的目的是捕捉现实生活，捕捉威尔士乡村狂热的特性。然而，我们没有记住太多人物，记住的只是小说中的暗喻和朗诵诗体。或者再想想约翰·厄普代克，他用华丽的语言描绘一个次要人物，这不免让人觉得他选用的词语比他书桌后那个装点门面的秘书更重要。

的确，好书给人的一种享受就是作者对语言的完美驾驭。马库修的《麦布女王》璀璨的诗句和哈姆雷特所赋的诗句风格不同，而哈姆雷特的杀父仇人——他的继父克劳狄斯对呆板的五步格诗青眼有加。与那些最优秀的作家一样，莎士比亚根据讲话人的身份和说话的场合选用合适的语言。从某种意义上来说，哈姆雷特和马库修二人都有些神智失常，但是两个人的失常却显著不同。马库修的疯狂既怪异又充满幻想，哈姆雷特的疯狂则是病态的反语和自我约束。马库修舞动双臂、号叫哭泣，使用一连串的暗喻，而哈姆雷特却是神经质地鄙夷，不露声色，以至于他的对手常常被他骂了还不知道。比如，哈姆雷特的继父让他自我调节，理智些，别再穿丧服，别再喋喋不休提起父亲的死，做个本分的人。哈姆雷特回答道："我也会为你穿丧服的。"(I'll serve you in my best.) 在中世纪英语中，"in my best" 意思是 "in black"，也就是穿丧服。他用一种充满敌对的狡猾方式在说"我会照你说的做"，但是"我藐视你"。在莎士比亚的作品中，华丽的语言为人物和情节服务，无论语言多么精彩，最终都屈从于人物和情节。

如果一个作者投入到语言上的精力比小说其他方面多，或者他一直将我们的注意力从故事本身转移到他个人身上，我们就称他为"矫饰作家"，最终会厌倦他（精明的编辑会很快厌倦他、抛弃他）。基于人物所反映的真实人性，如果我们觉得作者似乎对作品中的人物投入感情不够，我们则称其为"冷淡作家"。如果作者伪装感情，或似乎试图通过廉价、欺骗的方式操纵情绪（比如，用语言、"华丽的辞藻"来替代真正的故事发展），我们则称其为"感性作家"。

所以，当被问到，一个年轻作家具备什么样的素质才能成为优秀小说家？要考虑的因素之一就是他对语言的感觉。如果他能够写得表情达意，至少有时候可以做到，如果他对语言的热爱不那么专一、那么着迷，以至于排除对所有其他因素的兴趣，那么这个作者还是有机会成功的。作者对语言和其局限性把握得越好，他的胜算就越大。有些作者着实很优秀，他们语感很好，也痴迷于构成小说虚拟现实的其他要素——人物、行为、环境。他可能会发展成为艺术设计师（普鲁斯特，后期的亨利·詹姆斯或者福克纳），对现实和虚拟的把握都是最好的。

没什么胜算的作者。有人立马会说："我不认为他没胜算。"这样的作者对语言的曲解根深蒂固。最明显的例子就是，有的作家写作的时候完全离不开这样的词句："她的眼中闪烁着喜悦之光"，"可爱的双胞胎"，"他开怀大笑"——这些死板的表达，夸张的呆板感情，对日常生活毫无感受，或是没能找到自己的表达方式，所以，他转而使用"她停住了啜泣"，"嘴角撇向一旁，友好地微笑"，"他古怪地挑起眉毛"，"他宽宽的肩膀"，"他环绕的手臂"，"她扬起嘴角，浅浅一笑"，"他声音沙哑"，"赤褐色的卷发衬托着她的脸"。

这种语言存在的问题，不仅是陈词滥调（陈旧不堪，用滥了），而且是严重心理定势的表现。我们都带着语言面具（一系列语言习惯）看待世界，不同的情况有不同的面具。已知最成功的一个面具，至少可以处理麻烦的情况，就是上述词句中所体现的基督教盲目乐观者的面具。为什么写作中比日常讲话中出现的语言面具更多呢？也就是说，为什么写作的艺术成为一种粉饰太平的方式？我觉得这和我们幼时写作的讲授方式不无关系，那时写作是被作为一种礼貌举止来教授给我们的，而且或许还因为我们的启蒙老师强调乖乖的（驯服的）情感，这在学校的读者中很流行。无论如何，如果不把这种盲目乐观的面具撕掉，对小说家来说就意味着失败。人们经常力图感受盲目乐观者的面具所支持的那种盲目乐观，这样会不由自主地以他们的方式去看、去说、去感受——这就带来两种结果：他们丧失了准确观察的能力，也丧失了与其他人沟通的能力，除非与那些和他一样以善意但失真的方式观察和感受事物的人。一旦对一种特定语言投入过多的精力，那么，他就很难明白这种语言扭曲现实，也很难理解其他人——在这种情况下，那些观点较为审慎又小心翼翼地反讽的人——为何如此盲目。对现实缺乏正确认识的人，无法写出好的小说，因为我们在阅读时，会拿小说中的虚拟现实和真正的现实做比较。以我们在生活中认为幼稚或无趣的态度写出的小说很快就变得乏味了。

盲目乐观者的面具只是常见的逃避现实的表现之一。可以看一下一位知名科幻小说家的话：

> 通常情况下，人们不会告诉你他们如何真正感知本能的东西。像上帝，或者他们如何担心自己将会像祖父那样发疯，或者性，或者你挖完鼻孔，然后擦在裤子上有多么面目可憎。他们和你相处愉快，是因为没有人喜欢惹人厌，一个人说实话太多会不受人待见。尤其是，他正好发现你挖完鼻孔后擦在裤子上，要是他再看到你吃鼻屎就更糟糕了。①

这不是20世纪二三十年代职业写手们喜爱的盲目乐观的风格，而是之后取而代之的职业写手的风格，非盲目乐观的风格。偏爱斜体字的阳光的乐观主义让位于毫无根据的犬儒主义，也离不开斜体字（“通常情况下，人们不会告诉你他们如何真正感知”），“宽宽的肩膀”让位于“本能的东西”，甚至更糟。句子片段变得随处可见（一种夸大自己要表达的感情的标准手法），模仿威廉·福克纳的修辞，省去逗号（“祖父或者性或者你是多么的面目可憎”），其实就连福克纳本人也是如履薄冰。（去掉逗号是可以的，除非目的是增加句子的紧凑感，这样表达言辞未能表达出来的情感）。没有给以“扬起嘴角，浅

① 哈兰·埃里森：《边缘》，18页，纽约，贝尔蒙出版社，1970。

浅一笑”，人们“和你相处愉快”，这意味着他们虚伪、不真实，甚至不是嘴巴的拥有者（只是佩戴者）。同样的去人性化赋予廉价侦探小说的一种修辞手法，将“穿灰色西装的人”转化为“灰色西装”，将“穿着鲨鱼皮革的人”转化为“鲨鱼皮革”，就成了“灰色西装看着鲨鱼皮革，他说，‘走开’”。这甚至在相对较好的侦探小说中也会出现。这很难克服你的等级影响。粗俗的笑话和形象，从外语中借用的俚语在非盲目乐观的小说中很普遍——力图让拘受礼仪的人震惊。当然，没人震惊，尽管可能会有个别人将他们的厌烦误认为是震惊。人们觉得厌烦是因为整部小说都是那么虚伪做作，只是在模仿之前被人模仿了无数次的东西。应该注意，这些作者的问题并不是他们人品不如那些盲目乐观写作的作者。他们差不多是一类人：都是理想主义者，头脑简单，渴望善良、公正、明智，只是风格不一样。当开膛手杰克，那个科幻小说作家塑造的角色，意识到空想家们如何将他作为玩物时，他义愤填膺地怒吼道：

> 一个精神病患者，一个屠夫，一个好色之徒，一个伪君子，一个小丑。
>
> “你竟然这样对我！你为什么要这样？”
>
> 愤怒掩盖了他的话……①

只要足够努力，即使是年轻的作家完全迷上了糟糕的科幻小说，或者冷酷无情的侦探学派，或者一板一眼严肃的小说，赶时髦地将所

---

① 哈兰·埃里森：《边缘》，96页，纽约，贝尔蒙出版社，1970。

有经验视为废物，也可能会有作品出版，但是，他可能永远都成不了艺术家。可能这对他来说也无所谓。有时候职业写手也可以特别成功，甚至被人仰慕。但据我所见，他们对人类的价值微乎其微。

盲目乐观者和非盲目乐观者都同样限制作者，让他忽视、简化经验，使他断绝了和持不同观念的人的来往。其他语言也有同样的效果，或者聚会场所的暗语，或者计算机会话（“输入”），或者商务法制社会令人厌烦的隐喻（“奶酪开始凝结”意指问题变得棘手）。当我们偶然遇到这样的学生，其看待问题的方式和安全感取决于他对某种语言风格的坚持，那我们就不得不为他担心了。

但是，即使是我之前说的那样，语言僵化也不一定就无可救药。尽管一些想要成为作家的人可能沉溺于过度简化语言的独特方式中，但是一旦发现问题所在并对症下药，还是有法可治的。要解决自己的问题，作者必须克服自己后天习得的低级趣味，找出自己的语言习惯和其他人有什么相同之处和不同之处，试着辨识自己周围语言环境的相对优势（和缺陷）。这可能需要他师从一位对语言很敏感的人，不只是“标准语言”意义上的“规范语言”，还有生动的、富有表现力的语言。或者可能要认真思考词语、短语、句子结构、韵律等，读有关语言的书籍，尤其是读有口皆碑的文学家的作品。

每个语句，从神圣的，到理性的，再到淫秽的，都有其适用范围，在这个范围内使用才有效、才合适，不会冒犯他人。例如，“今天我们相聚一堂”，从一个讲道坛上传出很常见，但出自讲课的教授之口就很讽刺，在商务信件中出现也很愚蠢。在旧时小说中，像“那个金发年轻人”这样的短语不会太显眼，但在文体随意的现代通俗小说中就很显眼。具备喜剧的文化视野或许会有所帮助：认可所有人以及文学风格都有自己有趣的瑕疵——人们以及他们的语言趋向自满、虚假谦逊、狡猾、自命不凡或者虚假含蓄。如果人类的所有风格倾向于反映人类自己的丑陋，那么我们就不需要带着迷信和敬畏的眼光去看待任何风格，也不需要放弃任何风格。我们只需解释清楚我们到底要说什么，部分是靠说出来，然后查看是否说出了我们真正要表达的意思，一直雕琢语言，直到我们能想到的所有异议都消失。

更辩证地来说，语言无可避免地传递着价值观，未经检验的语言传递的价值观即使是无意中推广也会让我们引以为耻。那些对我们文化中的女性歧视现象敏感的人经常大为光火，因为通用英语用法要求我们用“man”（男人）或者“men”（男人们）或者“mankind”（人们）来表示“所有人”——或者用“他”来表示，就像很多时候无论作者是男士还是女士，我都用“他”来表示（并非我喜欢这样）。我们所有人在某种程度上都会被语言所欺骗，提到“大脑”会想到电话线路，或是提到“太阳”会想到上升，或提到“发现”（稍微用柏拉图的方式）会想到揭开了某些一直存在的事物真相（“他发现了一种消除烟雾的新方法”）。但是，过分地被语言欺骗的作者，会沉溺于一些狭义团体的规范和偏见中，无法动摇一些文学范式的影响和观点——福克纳，或者乔伊斯，或者劣质科幻小说的普遍惯用语。这样的作者永远无法成为一流作家，因为他永远没法看清楚自己。

那些知道自己对语言不是十分敏感的作者可以尝试以下方式：

拿一本一流的新手写作指导书（我认为最好的是 W. W. 瓦特的《美国修辞》），并努力研读，有没有老师指导皆可，主要研读自己不确定的地方，尤其是讲作品风格、措辞和句子结构的部分。

自己出题，努力练习，例如：

——写一个长达四页的句子（不能使用冒号、分号这种分割句子的方式作弊）。

——写一篇两到三页好的散文（使人不厌烦或者不易分心的散文），完全使用短句。

——用五种完全不同的风格写一个简单的事件——一个人下了公共汽车，跌倒了，环顾四周，看到一个女人，在笑。

提高词汇应用能力，不是以《读者文摘》的方式（鼓励使用流行的大词），而是系统地仿效词典中所有相对较短、较常见，平时却想不起来用的词，如果必要的话，加上释义，然后尽量自然而然地使用这些词——就像在派对上那样自然、随意地使用这些词。

读书和杂志时，要特别留心语言。如果读到的东西（通常是女性杂志上的小说）不好，划出或者标出因陈腐、矫揉造作或者多愁善感等让你觉得厌烦的词句。换句话说，就是任何会使睿智、敏感的读者从生动连续的梦境中分心走神的词句。如果读到的东西很好（比如措辞，通常可以看《纽约客》），想想这些为什么好。甚至可以打印一部杰作，如詹姆斯·乔伊斯的《死者》。

如果有前途的作者不停地写作——日复一日、月复一月地写，如果他阅读非常认真，他会“领悟”。领悟在艺术中就如同在美学中一样重要。实践科学，包括商业小说的言语工程，可以教，可以学。艺术在一定程度上也可以教，但是除了一些特殊的技能，艺术是不用学的，只需要领悟就可以了。

如果我自己的经历具有代表性的话，那我们需要领悟的主要就是勤勉工作的价值——几乎是荒谬的勤勉。从八岁开始我就很乐意写作，那时，我第一次发现打油诗的乐趣；高中时，我写过诗、小说、戏剧；大学和研究生时上过优秀的小说欣赏课和创意写作课程，有些任课老师是知名作家和编辑，我满怀热情学过其他的课程，还取得了博士学位。但是，我仍然不是很优秀。我投入到小说创作的时间比我所知的任何人都多，也得到老师和朋友们的大加赞赏，甚至发表过一些作品，可我还是不满意，我知道我的不满意并不只是苛求。研究生毕业后的一两年，我埋头于书房（一间小得伸手就可以从座位碰到外墙的工具房，通风很差，烟斗里冒出的烟让我的打字机笼罩在一层雾中），书房里渐渐塞满了我的手稿、草稿，挤得连椅子都挪不动——但是，我仍然没有写出期望中的作品。

这时，我开始直面残酷的现实，这是每个致力于写作的年轻人最终都必须面对的残酷现实：他必须靠自己。老师和编辑们或许会提供一星半点的好建议，但是他们通常不像作者那样关注自己的未来，而且他们也并非是一贯正确的。事实上，经过多年的教学、编辑工作，以及观察别人做这些事，我深信，老师和编辑们，包括我自己对某个作者的很多评论通常是错误的。无论如何，我和很多公认的优秀的老师共过事，我曾竭尽全力服务于年轻作家的温室——艾奥瓦工作坊，我曾向自己崇拜的作家们偷师学艺。但是现在，最清晰的一点就是，我必须自己找出自己作品中的问题所在。

之后，我多少有些幸运。我在加利福尼亚州立大学奇科分校任教时，曾和一位稍微年长的同事交谈，我建议我们两个合作写一部小说集，不仅包括短篇小说（以前的小说集没有做过，现在的小说集也大多没这么做），还有其他形式——寓言、传奇故事、奇谈故事、故事梗概等。成果就是《小说形式》，这本书（已经绝版，几乎不可能找到）详细分析了其中所包含的故事。对我来说，更重要的一个成果是我学会了勤勉。我的合作者——莱尼斯·邓拉普是我所知最固执的完美主义者，到了令人抓狂的地步。整整两年我们夜复一夜，经常工作五六个甚至六七个小时，有时候才能写出三四个句子。他把我逼得要发疯，对自己也丝毫不放松。我们常常不得不停下来，因为和一个我这种极没耐心的年轻人工作，让莱尼斯得了组胺性头痛。渐渐地，我也开始像他一样，如果一个句子的意思不能清楚得像出现在明亮厨房里的灰熊一样清晰可见，我就会极不甘心。我发现每一位优秀作家都知道一点，就是写下自己的准确意图有助于发现自己到底想说什么。现在回首《小说形式》的写作，我觉得，那种创作方式过于谨慎了，有点太过紧张（有时一件事情说两遍倒是一个不错的主意）。但是，那两年的痛苦时光，我们二人挑灯夜战，以及煞费心思、苦思冥想找到一个能准确表达思想的措辞时，都能感受到的极度喜悦让我明白了自己小说的问题所在。

毋庸置疑，这个时期我一直在写小说，而且莱尼斯·邓拉普很值得我去请教，所以我不时地把自己写的小说拿给他看。他用对待别人作品的眼光审视我的作品，检查我的小说，尽管我不能说他没有帮助，可是后来，我还是发现，即使是他给出的最好意见也有局限性。因为他来自田纳西州，他和我说的英语不太一样，跟我认识的人说的也不同，诠释人生经历的方式也不太一样。他建议我做的更改我都做了，故事还是一如既往的差。总之，我从他身上学到的就是：作家应该煞费苦心，就算一辈子只写出一部优秀的作品，那也比写出一百部劣质作品要强得多，尽管辛苦，但最终都会有收获。

2

另一个衡量年轻作家才能的指标是其“观察”是否相对精确、富有创意。优秀作家看问题十分敏锐、生动、准确，并且有选择性（也就是说，他选择重点），不一定是因为他的观察能力生来就比其他人敏锐得多（尽管通过后天努力也可以做到），而是因为他更注重清晰地看问题，并有效地将它们写下来。在一定程度上，他注重这些，是因为他知道粗心大意的观察会破坏他的作品。在想象小说场景时不够严密，比如说，未能注意到在现实生活中，某个人物表明立场时会伴之以手势动作（不屑一顾的挥手表示收回刚才说的话，紧握拳头表示这个人物内心的情感比刚才表现得要强烈），这时作者有可能误入歧途，展开情节的方式不是很令人信服。这应该是劣质小说存在的重要问题：我们感觉到人物被操纵，被迫去做他们并不真正想要做的事。低水平的作家可能并没有有意去操纵，他只是不知道他的人物想做什么，因为他没有用心仔细观察人物——没有抓住微妙的情感信号，对于更细致、更严谨的作家来说，这些信号会暗示接下来情节的走向。优秀的作家会投入所有精力，仔细检查那些想象中或记忆中的场景，因为他的故事中肯与否取决于此，并且他会以场景准确无误为豪。尽管情节看起来环环相扣、非常精彩，人物表现也像通常的优秀小说中的一样真实、十分独立，作者还是想停下一两分钟，甚至更长一段时间，以便精确构想目标是什么样的，人物动作又是什么样的，斟酌推敲出最恰当的词来描绘它们。

在近期小说中，眼光最棒的当属小说家大卫·罗兹的作品。仔细阅读以下内容：

> 老人们对黛拉和威尔逊·蒙哥马利都记忆犹新，就仿佛是上个周日，吃完教堂晚上的便餐后，他们钻进了那辆灰色的雪佛兰，开车回乡下家里。黛拉从车窗挥手，威尔逊趴在方向盘上，双手驾驶。他们记得，仿佛就在昨天，开车路过蒙哥马利家褐色的砂石房子，看到他们坐在门廊的秋千上。威尔逊慢慢地、认真地前后摇晃，黛拉笑着，后摆时，她的小脚刚刚碰到地面，他们看起来像两个认真、安静的孩子。
>
> 黛拉的手很小，似乎可以伸进小口的罐子里。多年来，她是这里唯一的教师，除了更小一些的孩子，他们都上过她教的课，并拼命地做好拼写，学好数学，好让她高兴。每次只要有她，哭闹的孩子们就会安静下来，在她的怀里哼哼唧唧。女人们都认为在需要的时候不必寻求其他的帮助和安慰，因为黛拉会随时感觉到，并赶过来。老人们现在并不总是谈到黛拉，即使偶尔提起，他们的脸上也会布满阴云，就像在谈论他们自己那日渐老去的身体一样，不是因为黛拉属于过去的日子，而是因为，她和威尔逊走了之后，没有了他们，虽然过去那些事也能继续下去，但显得

有些不正常。[①]

这两段文字的第一个视觉细节，即一笔带过的教堂便餐，并不起眼：任何处在这种文化中的人都能想到，虽然可以简单勾勒黛拉和威尔逊·蒙哥马利的人物形象，但罗兹并未在此处赘述。"灰色的雪佛兰"稍微具体些，有效暗示出主人公的单调乏味和卑微常态。但是，从下一个形象开始，罗兹就开始精心设计了：黛拉"挥手"，威尔逊"趴在方向盘上，双手驾驶"。尽管威尔逊的形象不是十分特别，但是具体、生动。我们可以看出这是一个细心的作者，值得我们信任。我们不仅看到威尔逊趴在方向盘上，双手驾驶，我们还看到，出于某些原因，他脸上的表情和岁月的痕迹。不用问我们怎么知道的，我们还知道，他戴着帽子（关于他近视、紧张、年龄和文化的暗示引领我们进行了无意识的概括）。换句话说，通过选择正确的细节，作者巧妙地暗示读者，生动的细节告诉我们的不只是表面所说的那些。

现在，形象变得更加鲜明：威尔逊慢慢地、认真地摇晃走廊上的秋千——"认真地"，一个让人始料不及的词，让这个场景突然生动起来（在小说家的工具箱中，副词要么是粗钝的工具，要么是最锋利的工具）。接下来，更妙的是："黛拉笑着，后摆时，她的小脚刚刚碰到地面，他们看起来像两个认真、安静的孩子。"只有目光最敏锐的小说家才会注意到脚会碰到什么地方；只有思路最清晰的小说家才会理解这点细节能告诉我们黛拉是怎么坐的，她有什么感受。然而罗兹对这些细节也是一笔带过，接着去描述他所塑造的高潮形象——"像

① 大卫·罗兹：《岩石岛线》，1页，纽约，哈珀与罗出版公司，1975。

两个认真、安静的孩子”。

第二段的第一行“黛拉的手很小，似乎可以伸进小口的罐子里”，表现了一个新层级的技巧，就像一个一直展示普通技巧的魔术师，突然露出自己的拿手好戏。当然，重要的是，罐子是黛拉所在的乡村文化的一部分，这还不算什么。笼统的说法，比如说“黛拉的手很小”无法栩栩如生地描述人物。读的时候，我们不会怀疑成年女子的手可以这么小（尽管有质疑）；我们接受了这个隐喻以及所产生的效果——黛拉孩子般的性格和娇弱，她的责任心和奉献精神（罐装食品）、圣洁的悠闲，这些特质都很难依照罗兹所说的来解释，但是他却为我们呈现出来了。在此之后，我们就乐意接受十分怪异的断言——她学生的努力让她高兴，她一抱孩子们他们就不哭了（他们甚至“哼哼唧唧”），聪明的成年女人们都认为在需要的时候不必寻求其他的帮助和安慰。现在，格调转向了神秘，罗兹引入另一个敏锐观察的细节：记得黛拉的人们偶尔谈起她，“脸上也会布满阴云，就像在谈论他们自己那日渐老去的身体一样”。换句话说，那些老人们，把黛拉·蒙哥马利看成是自己衰竭的肾脏、轻微的胸痛或者患有关节炎的手指。一方面是人们谈论自己逝去的青春和迫近死亡时的表情；另一方面是对早已离去的黛拉的表情，罗兹敏锐地捕捉到了这二者奇异的相似之处。谁不想翻开下一页，继续读下去呢？

和任何优秀的小说家一样，罗兹对文字细节（一个人的脚碰到什么地方）和对等隐喻的观察都很精确。20 年后，当他坐在书房里，他仍能在头脑中准确地再现这些意象，仍能找到合适的言辞描述自己的所见，有时是文字表达（威尔逊趴在方向盘上，黛拉的脚荡来荡去），有时是对等隐喻（他们像两个安静、认真的孩子；老人们谈论黛拉时的表情和谈论自己生命的一部分时的表情并无二致）。应该注意的是，和对诗人一样，隐喻的视觉效果对小说家同样有效。常常一个重要的姿态或者一系列姿态（那人从敌对的人群中穿过，好像一匹疲倦的耕马；那个人突然举起闹钟，看着它，像一只受惊的小鸡）无法通过其他方式十分有效地捕捉到。像很多优秀作家一样，罗兹对隐喻的倚重至少和对重要细节的倚重相当。然而，这里主要值得注意的一点是，罗兹的观察都是一手得来的：他提供的是那些从生活经历中提取的内容，并不是来自福克纳或者科杰克。

前途无望的作家对事物的观察都是从别人那里得来的。我曾见过一个由研究生担任创意写作老师的班级，这个老师的教学方法是使用心理剧。三个同学表演指定的心理剧，其余同学则要描写自己的所见。表演者们被要求分别扮演一个心理学家、一个问题妈妈和一个情感淡漠、吸大麻的儿子。妈妈向心理学家讲述自己的问题，儿子把脚放到心理学家的桌子上，辩解自己在家的那些行为都是被逼的。发生在这部心理剧中的一件最有趣的事是扮演心理学家的女同学试着让儿子解释自己的行为，反复把手伸向儿子，然后又向后挥动，像一个水手在收绳索，这个动作在说："快，快点，你有什么说的？"——儿子却用沉闷的缄默来回应。心理剧结束后，老师在班里宣读同学们的描述，没有一个同学注意到这个类似拉绳子的奇怪动作。他们提到儿子充满敌意地将脚放到桌子上，妈妈笨手笨脚地掏烟，儿子用手反复梳理蓬乱的头发——他们看到了在电视上所看到的一切细节，但却没有注意到那个类似拉绳子的动作。

我们在学生的小说中看到的很多对话，还有情节、手势甚至场景，并不是来自生活，而是来自电视过滤后的生活。除非套用电视的模板，很多写作学习者似乎无法写出自己生活中最重要的事情——父亲的去世、第一次爱的幻灭，我们可以立刻指出二者的不同之处，因为出于商业压力，电视中必然是虚假的生活。电影和连续剧的剧集尽管比商业广告便宜些，但还是贵得可怕。费用在变，可常常是变得更高，但是几年前我最后一次参与影视作品的创作时，一分钟十万美元是普遍的行情。如果要拍出 13 集电视连续剧，绝对会超出这个数字。你在某个地方——好莱坞和维内或者莱克星顿和五十三大街，架起灯光、摄像机等，向演员展示他们的带子（他们必须往哪去），再给他们每人发一张写有台词的粉红纸条，比如这样的台词："沃尔特吗？我没见过他。我发誓！"或者"哦，迈克尔！别再这样了！"（有时候会对台词有要求：愤怒地、疲倦地，或者明显在撒谎。）你拍摄一个场景，让演员到保姆车里去换衣服，然后再给演员发一套不同的台词（演员可能稍有变化）。然后你再拍摄第二个场景，这个场景可能被编辑到电视剧中完全不同的情节里面。关键是这样充分利用场地和装备非常划算。在这样的拍摄中，除了导演（有时连导演也不知道），其他人都不知道要演的故事是什么。因此，在平常的电视连续剧中想做个严肃点的、深思熟虑的讲话是不可能的。任何优秀的演员都可以肯定地说："沃尔特吗？我没有见过他。"但是如果你给他一段严肃认真的台词，演员可能会问："情境是什么？"由于电视剧制作成本的限制，人们并不关注情境。

我不是否认电视剧的价值——别的且不说，起码它有镇静作用。

我只是认为电视剧不是生活，青年小说家看了电视剧后却没有注意到电视剧和生活的差异便会遇到麻烦，除非他的最终目标可能就是要为电视剧去创作。（电视电影有时更具艺术性。电视电影的制作比起普通电视连续剧的制作允许有更多彩排和拍摄时间，所以，在一定程度上，它能够有更有趣的讲话；但是，商业压力从未完全消失，电视剧的编剧初学者受到明确指示，教他们如何安排剧本的发展节奏，这样他们就打断了“内容”。）

青年小说家模仿电视剧而非生活，他们犯的错同模仿一些早期作家的青年小说家没有什么实质区别。感觉上，模仿詹姆斯·乔伊斯或者沃克·珀西要比模仿《家庭生活》这档节目更优雅。但是，所有文学模仿都欠缺我们想要在好作品中看到的东西，那就是作者用自己的眼光去看事物。

模仿也是有效的工具，并不是说新手作家不能使用。一些写作老师赞同把文学模仿作为学习方法，并且在18世纪，文学模仿还是学习写作的主要方法。如我在前文所说，通过逐字打出某位作者的故事，人们可以学到很多：它可以帮助初学写作者更加关注该作者。人们研究自己敬仰的作家，将他所有的话变成自己的看法，以此来学习。但是通常，人们越关注自己敬仰的作家，就会越清楚他的风格永远不可能成为自己的风格。打开福克纳的小说，抄写几段话，把一些细节改成你的风格。比如，福克纳在《哈姆雷特》的开头写道：

> 法国人的本德是富饶河谷的一部分，地处杰斐逊东南部，距其20英里远。这里群山环抱，地处偏远，至今还没有边界线，这里曾是……的伟大起源。

如果要把这段话转换成我熟悉的内容，我会这样写：

帕特南定居地所在之处地势低，土地褐黄，它是该国黄色高地的一部分，地处巴塔威亚南部，距其六英里远。

我发现自己已经遇到了麻烦。纽约西部的人不明白“部分”的含义，我必须用其他合适的词代替，可是除了用“延伸”这类模糊的词，我想不起来还有什么词是我熟悉的人真的用过的。此外，帕特南定居地的人也并不认为自己和巴塔威亚或其他地方有什么关系，因为帕特南定居地，如巴塔威亚，并不是真正的“地方”，甚至“至今还没有边界线”。福克纳在其开头句中融入了一些东西，这些东西对那些自豪地宣称自己是南方人的人们非常重要，那就是住地以及所有体现历史、亲属关系和身份的东西。也许是从未体会过内战失利的羞辱，也许是他们的文化更加开放，也许还有其他原因，西部的纽约人并不像传统的南方人一样对住地感到担忧。在我的家乡，一个地方和另一个地方合并并不会有多少人在意。住地的名字和自豪没多大关系，还不如方位朝向重要。帕特南定居地不远处有个村庄，名叫布鲁克菲尔德，那里已多年荒无人烟。不过人们仍然会谈起那个地方，好像他们很了解那里一样，但是没人知道1800年谁住在那里，没人能向陌生人描述清楚那个地方。人们只有在给别人指通往查理沃尔什农场的路时才会提起布鲁克菲尔德。

福克纳的第二句话写道：“这里群山环抱，地处偏远……”这又有了一个问题：开篇句子展现了美丽壮观的南方，给人一种华丽的悬念。这些框架句有着国会议员或者《国家地理》杂志的风格，任何人只要了解帕特南定居地，看到后都会感到尴尬。那里的人不赞同这种风格（这也是人们在纽约西部常常不说话的原因，他们只用手去指东西）。住在帕特南定居地附近的人也同样不愿谈论住地的位置。如果你住在群山环绕的河谷国家，如福克纳作品中法国的本德居民，你想一想那广阔的、与世隔绝的风景还有意义。但在帕特南定居地，你想到的是路边的杂草（野生胡萝卜），大片枯死的樱桃树和苹果树，还有被遗弃很久的塌陷的谷仓。为了迎合纽约西部，人们尽力使用福克纳的方式，但这种主流价值观的结果却使这种努力戏剧性地展现了主题是如何影响风格的。

一个优秀小说家会在读者脑海中营造出十分生动的形象，刚起步的小说作者应该尽力模仿一些大师的效果，这无可厚非，因为他喜欢这些作家笔下生机盎然的世界。但是模仿终究不是个好办法。以往的作家看到或是描述过的内容，即便是刚发生的事，也都已成为历史。显而易见，不会再有人像简·奥斯汀或是查尔斯·狄更斯笔下的人物那样去说话、去思考。但是，30 岁以下的人说起话来，几乎没人像索尔·贝娄或者其模仿者笔下的人物，这就没那么明显了。新手小说作者可以向前辈学习如何细致观察，但是他看到的一定是在自己的时空所能看到的，就像在好的历史小说中，即便是我们回到过去，带着自己独有的感觉（不一定更好，但是新的）去观察，所见也是一样的。初学写作者不用过于担心自己的作品在细枝末节之处模仿他人——诗人安东尼·霍普金斯曾谈到过“一种带着欺诈和不定的新颖”，实际上，没有什么比一味地追求这种“新颖”的写作更令人厌烦了。抄袭其他作家的风格是愚蠢的，但是高尚的创意并不体现在文体上，而是体现在想象和智慧上，是作家对自己所见、所闻、所想、所感的准确描述。

作家眼光的准确度在一定程度上与他的性格有关。像大多数诗人和许多短篇小说家一样，对一些小说家来说，其艺术所要求的主要准确度和自我认识能力有关。这类作家，如贝克特、普鲁斯特以及很多喜欢用第一人称叙述的作家们，擅长利用自己的独有视觉。他们需要看清楚、写明白的就是他们自己的感受、经历和看法。这样一个作家可能讨厌全人类（如席琳），或讨厌多数的人（如纳博科夫）。在这种情况下，重点并不在于我们相信独有视觉就是对的，而是在于我们对这个具备独有视觉的人非常信服而且倍感兴趣，所以愿意追随他。再如作家沃德的例子中，有时我们嘲笑那些愤世嫉俗的长篇大论，自己绝不会考虑接受这样的观点，我们也会嘲笑派对上可笑的怪人。我们追随这个作家，是因为他完全清楚自己在一般人看来就是个怪人，他这样展示自我，创造出迥异且有趣的角色。他必须拿出小丑的技巧，让自己的表现越来越精彩，无论最终目标多么冷酷，去了解普通人对自己这样做会有什么反应，利用自己的优势去巧妙地处理这种反应。换句话说，他必须理解自己的扭曲和古怪，并超然忘我地加以冷嘲热讽，这样他的展示才是自发的表演艺术，而不是因为出错让我们觉得尴尬，不愿再和他接触。想想阿尔弗雷德·希区柯克为自己打造的形象，虐待狂加势利小人的形象恰到好处，想想纳博科夫在其作品和电视采访中展示的自己，他操着势利小人的口音，巧妙地配以唐老鸭式的语言，疯疯癫癫，自我陶醉，他说：“现在小心！一个比喻来了！”这些例子似乎告诉我们这种角色未必非得是漫画式的。另一个作家可能会扮成狼人；但再换一个作家，比如威廉·S·伯勒斯，就可能会扮成僵尸。

如果我们问自己，这样的作家有何益处或价值，我们马上会认识到他们之间差异太大，无法一概而论。有些作家，比如伊夫林·沃，让我们享受不受道德拘束的乐趣：我们不再正襟危坐、一本正经，而是听人骂骂咧咧、薄古非今，其实我们自己幼稚的那会儿也爱这么做，那一刻我们也乐不可支。有些作家，比如纳博科夫，展示的是这个世界庄重、道德的一面，但却采用了那样一种方式（讽刺和污秽），以至于没有潜在的柔和与虔诚可以破坏这种效果。还有一些作家，比如唐纳德·巴塞尔姆，让自己表现得像是自然中不可思议的怪人或是文学作品中性格扭曲的怪人。还有更多可能的情况。所有这些作家的共同点在于，他们拥有大胆的特质，在复杂多元的丛林中愉快地追寻自己独特的道路。有时候，这些作家会像威廉·卡斯那样，明确否认小说足以用来表现更多方面的观点。实际上，无论他们宣称什么，他们都展现了自己作为艺术家的形象或是卡通形象。我们评判他们的方式，和我们评判那些喜剧演员（如比尔·考斯比、W. C. 菲尔茨）的方式一模一样，评判的依据是他们观察的连贯性和准确性。有了这些，他们将自己的舞台形象和他们的朋友、敌人、回忆、独特的愿望与奇妙的想法纷纷展现给我们。

另一类小说家，他们的层次更高，我认为他们需要的准确度是极难实现的。这是那类如同恶魔般的小说家，能从一个身体或一个角色移到另一个身体或角色。他们不去控制自己的扭曲或奇怪行为，不去学习怎么用吸引人的方法来展示自己，也不用妙语连珠或者恶毒言语去引人关注——他必须学会走出自我，从全人类或者非人类的角度来观察和感受事物。他必须能用令人信服的精确语言，告诉人们在儿童、青年女子、年迈的凶犯还有犹他州州长眼中，这个世界是什么样的。他紧盯着自己在打字机上勾画的梦境，必须学会区分形形色色角色在话语和感受方面的细微差别，他本人要像上帝般公正，超然物外，给所有人他们的应得之物、承认人类的弱点。尽量让自己不局限于个人眼光，而是如上帝一样无所不知。通常，他不可以只偏爱某些角色，而鄙视其他角色。

这些最高级别的小说家——如托尔斯泰、陀思妥耶夫斯基、亨利希·曼和福克纳，他们作品中最让我们震惊的是他们的天赋：他们对各种角色的观察和感受细致入微，甚至知道动物在想什么（比如托尔斯泰）。具有这样一种天赋，能对他人生活感同身受的新手小说作者，才最有可能取得成功。

不具备这种天赋的作家，一旦决定自己需要这种能力，在一定程度上也可以培养。确实，如果作家心中不理性的爱或恨根深蒂固的话，他可能永远无法摆脱它们的羁绊（没有人会轻易承认自己的恨是不理性的，他们执迷不悟地认为自己可以唾弃大多数人，这种观念本身就是一种羁绊，因自以为是造成的人物缺陷是最难纠正的）。一旦作家认识到小说家应该能为各色人等辩护，能用他们的眼睛去观察世界，与他们感同身受，把他们最愚蠢的固执观念当作是不言自明的事实（对他们来说），这个作家就会开始去这样做，而且是反反复复地做——细心地反复研读、思考、修改，最终变为擅长。

人的天赋可以通过一定的技巧和训练得到加强，让自己看到别人所看到的世界。八仙过海，各显神通。有人钻研厚重的星座书籍，或许不是为了享受，也不是为了提前知晓灾难，而是要了解人类性格中复杂的怪癖（比如双鱼座人的特点与狮子座人的特点，不管是否相信各自的特点和他的出生日期有关）；有人阅读心理学案例研究或“女士杂志”、“男士杂志”；还有人接触骨相学、手相术或者塔罗牌。无论哪种方法，人们要做的是洞悉——不只是了解——人的个性，而不是人们自身这样能看到的东西。一个人需要的不是事实，而是对那个人的“感受”而非自己的“感受”。

当然，对有些人来说，什么技巧和训练都无济于事。因为种种原因，这些人似乎永远也猜不透别人的想法和感受。他们一生都懵懵懂懂，想知道人们为什么对他们笑、对他们皱眉，他们苦苦思索脸上的那一吻意味着什么，在超市里那个古怪的冷笑又是意味着什么。对大多数人都有用的东西对他们却没用。我们看到某人脸上某个特定的表情，然后会在心里模仿这个表情，甚至亲身模仿一下，就能明白我们本人会通过这个表情表达什么意思，然后就可以大胆推定，别人和我们的想法一致。或者，有人无缘无故就怒气冲冲地和我们说话，在基于他人和我们本质相同这个理论基础上，我们便能明白他人对我们的蔑视和怠慢到底是真的还是我们臆想的，或者他怒气冲冲到底是因为胃疼还是什么原因。为什么会有人做不到（假设我们这些自认为可以做到的人没有自欺欺人），或许是心理学家们要回答的问题。很明显，至少在一些例子中，问题在于神经官能症。我们都遇到过这样的人，他们恼怒父母或自己，却迁怒于一些社会群体，比如痛恨自由派三 K 党成员，会将自己的邪恶动机归咎于自由派人的无心之语，而有些自由派人不由分说地将自己的种族偏见归咎于任何质疑福利制度存在价值的人。但是不管什么原因，很可能有些人永远不会与自己的邻里产生共鸣，至少他们不像托尔斯泰这样的小说家一样，信心十足，明明白白。这类人如果想当小说家，必须以个人的独特视角发表言论，否则别无他法。由于性格使然，他们只对一类小说情有独钟、心无旁骛。

要想从心理上符合我说的最高级别的小说家标准，这个作家不仅要能够理解不同于他自己的人，而且要被这些人吸引。他必须足够自信，才不会被差异影响；他还要有足够的热情和同情心，并且要一视同仁，他愿意重视不同于自己的人，我认为，最后他还要有充分的信念，相信人生总会善有善报，这样他不仅可以容忍，还会赞美这个存在差异、冲突和对立的世界。

通过学习从对等隐喻的角度来观察角色，具有独到视角的小说家和试图更冷静理解角色的小说家都可以让自己的小说更加生动鲜活，虽然有时候形成的角色是作家戴着有色眼镜看到的，但有时候形成的角色就像我们一样真实复杂。要提升人们发现这种对等隐喻的天赋，也许最好的练习是名叫“烟”的游戏。玩家想一些在世的或去世的人，给下一个玩家一个线索，如“健在的××”、“去世的××”等，接着，每个玩家挨个按这种方式问一个问题：“什么样的……？”（如什么样的烟？什么样的蔬菜？什么样的天气、建筑，身体的什么部位等。）随着答案越来越多，玩家就越来越明白他要找的是谁。当玩家最后给出了正确答案，其效果就像某种神秘启示产生了力量。有些人和更强的玩家较量过，这些玩家能够暂停思维，从而能更深入地理解诗意的头脑，但没人能够质疑隐喻所创造出的角色的生动形象的价值。

具有精准感觉（听觉、嗅觉、触觉等）的作者比那些不具备精准感觉的作者有优势，因为除了别的好处之外，他还能用具体的语句讲述故事，而不是用单薄抽象的语言。如果要表达“她感觉太糟了”，他可以不用文字就能表现角色感受的细微之处——通过准确的举止或神情，或者通过捕捉角色措辞的转变。作品越抽象，在读者脑海中激发的梦境就越无趣。一个人可以有千种方式去感受悲伤、快乐、无聊或愤怒：抽象的形容词基本无法表达什么，但准确的姿态能准确传递此刻的感受。这就是为什么写作老师说，应该“表现出来”而不是“讲出来”。应当补充的是，写作老师说的就是这个意思。优秀作家几乎可以“说出”小说的所有内容，但却无法说出角色的感受。作者可以告诉读者某个角色上了私立学校（如果下文中私立学校的场景不重要的话，作者就没有必要再展示），或者也可以“说出”某个角色讨厌意大利面。但除了极少数的特例，各个角色只有以事件的形式——动作（举止），或角色对情景的生理反应——展现出来，恐惧、爱意、激动、疑惑、尴尬、绝望的感受才显得真实。细节是小说的命脉。

3

衡量小说家天赋的另一个指标是智慧，这是特定的一种智慧，既不是数学家的智慧，也不是哲学家的智慧，而是小说作者的智慧，它和数学家、哲学家的智慧不相上下，却不易识别。

和其他智慧一样，小说作者的智慧一半是天生的，一半是后天训练的。它包括好几种品质，而这些品质放在普通人身上大多是不成熟或是不文明的迹象，比如风趣（容易胡思乱想）、顽固以及暴力倾向（拒绝相信最贤达人士都认为正确的事，不认为他们知道的是对的）；幼稚（明显缺乏注意力，没有严肃的生活目标，爱做白日梦，爱撒无意义的谎，缺乏应有的尊重，爱恶作剧，爱无缘无故、不合时宜地哭泣）；有口欲滞留或者肛门期滞留的显著倾向，或者二者兼有（口欲滞留体现为过量饮食、饮酒、抽烟和唠叨，肛门期滞留体现在神经质般爱清洁，且对下流玩笑有奇怪的癖好）；记忆力超常或形象记忆（这是青春期早期和反应迟钝常见的特点）；将无耻的嬉闹与尴尬的渴望奇特地混合在一起，因为支持或反对宗教而产生异乎寻常的紧张情绪，后者常常更加突出；像猫一样有耐心；有狡猾的犯罪倾向；心理不稳定；轻率鲁莽、盲目冲动、并且目光短浅；最后，还有对故事莫名其妙、无药可救地沉溺，不管是书面的还是口述的，也不论优劣。当然，不是所有作者都恰恰有这些相同的特点。有时，人们会发现一个并非那么没有远见的作者。

你可能会觉得，我在本书中描写的是一头好奇而又危险的野兽（实际上，优秀的作家几乎从来不是危险人物——这一点我需要再讲，但不是现在）。尽管是半开玩笑的语气，但我对作家的描写必须准确。如果不是作家们的心理太复杂，他们肯定是疯子（某著名心理学家曾写道："太复杂，以至于无法确定是哪种疯病。"），反正有些作家真的发疯了。要谈论这种特殊的智慧，最简单的办法可能是描述它有什么作用，青年小说家迟早必须要准备好做什么。

我说过，作家沉溺于故事，不管是书面的还是口述的，也不论优劣。当然，我不是说他们不能辨别故事的优劣，我现在必须要补充的是，有些糟糕的故事会让作家大为愤怒（有些作家更生气，但有些作家不那么生气；看到会让优秀作家咆哮怒吼并且乱扔东西的那类小说，有些作家则遏制怒火，却渐渐陷入忧郁，甚至有自杀倾向）。这类让优秀作家愤怒的小说并非真的拙劣不堪。多数作家在诊室看到漫画书、西部小说甚至护士小说，会偶尔翻看一下，读完后也并无反感。有些还津津有味地阅读拙劣或者精彩的侦探小说、科幻小说、农夫小说（关于美国南部或西部家庭的大部头小说），甚至或许是儿童读物。让他们愤怒的是那些看似“优秀”、实则拙劣的小说，不论是给成人看的还是给儿童看的。

如果说这种愤怒是因为同行间的嫉妒那就大错特错了。在拜读完其他作家的优秀作品之后，没有人会比一位小说家更愿意慷慨地去赞美别人了，即使小说的作者是他的劲敌。如果说这种愤怒是因为小说家内心的不安还有点差不多，尽管这也不太准确。如果一个人非常努力想做好一件他认为重要的事情（把一个故事讲得非常精彩），却看到有其他人做得糟糕或者不如自己，还欺世盗名，声称与自己跻身同列，他就会恼怒不堪。因为自己的声誉被玷污了，整个行业的声誉也被玷污了，甚至自己的人生目标都被动摇了，尤其是读者和评论者似乎难辨真假良莠时，他们通常也不怎么识货。于是他开始质疑自己标准的意义，甚至质疑自己的标准是否扎根于现实。他变得易怒、暴躁，易于寻衅滋事。由于艺术的卓越体现的是一种审美观点——因为我们无法证明谁的作品优于谁，至少不能像数学家一样清楚地证明，人们对一本乏味的书的普遍赞誉会让优秀的作家心生不快。就像一个孩子明明知道自己是对的，却没法让父母明白这一点，既没有能力也没有权利去揍他们一顿。因为所谓杰作（作家知道这是赝品）而心中不快的作家可能因为无助或闷闷不乐而大发光火，或者变得滑头（像乔伊斯说的那样，可能会变得沉默、孤独、狡猾）。

没有什么比充满恶评的时代更让真正的作家没有安全感了，遗憾的是，无论何种方式，几乎每一个时代都是如此。任何一个沮丧、气愤的作家抬起头环顾四周时，都会发现傻子、疯子和莫名其妙的人比比皆是——盲目无脑、低俗无品、无知懵懂的评论充斥于臃肿冗长的杂志，宣读于庄严肃穆的会议，完全曲解优秀作家的真正用意，为低俗模仿的作家大唱颂歌，而对于这些作家就连农场里的鸭子都会不屑一顾；还有些人，他们大谈特谈海德格尔，坚持认为作家写什么都毫无意义，他们在书页中所写的内容本身就是一场可笑的事故，所有的文字都是疯子在胡扯（对所有作家来说），因为语言本质上就是错误的、让人误解的，从下向上倒着阅读才是最好的（批评家哈罗德·布鲁姆和斯坦利·菲什以不同的方式坚持认为，就连但丁的《神曲》也只是“批评艺术”的原材料而已）。在文学里，“杰作”通常被看作是野蛮的，优秀的作品被称作是反动的或者自我限制的，而最拙劣的作者却总会受到尊敬（在悲观和恐慌中，小说家似乎也这么觉得，又有20年的销量榜和俱乐部的每月一书加以证实），谁还敢说那些最勇敢的、最训练有素的作家兢兢业业地去达到的标准不是自我吹嘘呢（即使是在恐慌中，作家仍然坚持使用他华丽的辞藻，坚持使用他词典式的语言）？

但是最终令真正的小说家痛恨伪艺术的原因并非安全感缺失（他觉得自己的荣誉和目标不可能幸免于尼采所说的“乌合之众”的盲目跟风），虽然这也是一个原因。正如法律实践和医学实践一样，读小说、写小说的实践带来的益处只有参与实践者才能真正明了，从自己的生活和视野层面迅速、完全地明了。就拿画家的经历来说明一下吧。一个常常画油画的人，假设他画的是风景，会对色和光、形状、体积、形态的细节越来越敏锐。小说家对人的感受和行为、品位和习性、乐趣和痛苦也会越来越敏锐，有时甚至如超能力一般。而假的小说家不但无法在这方面取得进步，还会因为弄虚作假而受到阻碍，就连他们的读者也会被阻碍，至少在他们受骗的时候。

我之前说过，非常注重细节的作家——研究自己的角色在假想情景下最细微的动作，以确定这个场景接下来的发展方向——才是最有可能说服我们、最让我们敬畏的作家。细致观察是小说实践的构成要素之一。让这种细致引导、帮助我们寻找真正实践的价值所在，也引导、帮助我们发现在小说创作中弄虚作假带来的浪费和危害。真正的作家凭借真实体验来检查想象出来的场景，又凭借想象出来的场景来丰富自己的真实体验：几乎是在不知不觉中，他就成为一位警觉的观察者。甚至他会密切观察他人，以至于朋友们都觉得他是个怪人。据说（我觉得，有时我可能无意中会编造这些事情）安东尼·特洛勒普去参加派对的时候，会坐一个地方十分钟甚至更久，紧紧地盯着一个接一个的客人，别人跟他打招呼他也几乎不理，这让同去的人非常尴尬。不管这个故事是真是假，对外行人来说，派对中如果有个优秀作家就会让人感到紧张，这是一个不争的事实。当乔伊斯·卡罗尔·欧茨沉默不语，并尽量（有人猜测）让自己不起眼的时候，她羚羊般的眼睛控制着整个房间。斯坦利·埃尔金的风格是无论代价多大都要保持自己的风格，讲搞笑的故事。但是，在厚厚的镜片后，他那双洞察秋毫的近视眼让听众不禁猜想自己会不会就是他的下一个幽默故事的主角（实际上，埃尔金还是很厚道的，如果必须有人要出丑的话，他就让自己来出丑）。伯纳德·马拉默德倾听他人说话时，总是会让人觉得惶恐不安。他仔细留意人们的一举一动和措辞的变化；他可能会突然问和他说话的人为什么要戴着墨镜。其他作家诸如此类的例子不胜枚举，当然，不是所有的作家都这样，很多作家已经高度社会化了，从不表现出他们在观察事物。不过重点在于，不论是否在宴会上表现出来，出于职业需要，作家们都在努力学习如何成为最敏锐的观察者。这是作家职业的乐趣之一，但也是痛苦之一。心理学家可能也得到过同样的乐趣，但是，不管出于何种要求和目的，他们真正感兴趣的是异常的大脑。而作家关心的是人性的所有可能性。

我再说一个因为作家的细致观察而发生的尴尬事。有一次，我和朋友开车穿过科罗拉多，在狭窄的山路上，遇到了一场事故。一辆货车和轿车撞在了一起，我们在五十英尺开外就看到了血迹，于是停车赶去救援。我忙前忙后，在朋友帮助下试图撬开车门，车里有一位身怀六甲的孕妇，腹部被刺穿。我在想：我一定要记住这次经历！我一定要记住我的感受！我该如何描述这一切？我想自己的表现不比这个语言不标准的朋友差，他可能就没想起这些。实际上，我或许还更敏捷、更高效，救助伤员的同时还在脑中描绘一个高尚的情景。但是，我对自己这种超然的态度感到厌恶，伤员血流如注，受伤部位肿了起来，而我却对这一切毫无人性地着迷。真希望在那一刻自己完全不懂什么文学。

不管怎样，小说创作改变了一个人。专门从事某行业的人所不知道的或者不想知道的事，真正的小说家都知道，而虚假的实践者一无所知。可以说，对他来说，不仅现实很模糊，而且他拙劣的方法、他学习到的错误理解（想想那些非盲目乐观的科幻小说作家）扭曲了他的视线，因此他的观察有误。真正的作家蔑视伪作家，因为后者自欺欺人，不是尽力去理解角色，而是在操纵角色，而且他不能教会读者任何东西。

小说家不但蔑视伪小说，还尽力写真小说。换句话说，他用复杂的智慧凝聚起多元力量，去编出令读者满意的故事。要具体说明这一点，我认为最好的方法是谈一谈优秀小说都需要哪些因素。

前面说过，优秀的小说会在读者脑海中激发出生动鲜活且连绵不断的梦境。这场梦完整且独立，在这个意义上，它非常“慷慨”：它或是明确，或是含蓄地解答了读者所能问的每一个合理的问题。它不会令我们心存悬念，除非故事本身就具有不确定性。它不会毫无意义地卖关子，故弄玄虚地把故事讲得不清不楚。它不会“考验”读者，不要求他们非得了解某些特殊知识，不会因为不具备这些知识而觉得小说就没有意义。简言之，它没有去迎合读者，只是试图让读者觉得满足、愉悦。无论是在智力上还是情感上，它都意义重大。它优雅且高效，也就是说，优秀的小说不会使用多余的场景、角色、外形特征和技术手段，它有自己的设计。它给我们带来特别的乐趣，这种乐趣只有在我们用欣赏、赞叹的目光观看演出时才会得到。换言之，当我们注意到作家圆满完成了作品，我们也感受到了完美的服务："他让小说读起来如此轻松!"我们这样说着，心里也明白能这么做是难能可贵的。最后，从美学的角度来看，一部成功的小说还要包括生活中的陌生事物，无论其素材多么索然无味。

倘若青年小说家能完全领会成功小说所有的特性，并经常在自己的作品中加以运用，他的潜力将毋庸置疑：他早已是成功的小说家了。大多数青年小说家都只是对很少的一部分特性有所认识、感兴趣，至于其他特性他们或许不会觉得有多重要。在一定程度上是因为他们遗失了纯真，这是作家们现在必须重新找回的纯真。每个孩子凭直觉（只要他喜欢故事，而有些孩子不喜欢）就知道好的小说需要什么，但等到上中学的时候，他会感到些许困惑，因为老师逼着他去读事实上毫无价值的东西，如果他看好看的漫画便会遭到嘲笑，拿起《罪与罚》又会被警告："哈罗德，你还没到看这个的年龄。"等他到了大学，上了大三或大四，他可能会深感困惑，比如，他会猜测"主题"才是小说最重要的价值。

现在来讨论一下，没什么比"主题就是一切"这个观点更离谱的了。在最深的层面上，主题是故事所讲的内容，是作家通过选择和组织材料传递的哲学与情感原则。真正的文学艺术家们总是刻意关注主题，但这并不能保证优秀的写作。廉价的西部小说中的主题和信息（即主题和具体的说教）很可能会比普鲁斯特的《追忆似水年华》更加明显。另外，在一些我们喜爱的小说中主题也很难界定。准确地说，《杰克与魔豆》的主题到底是什么？或许每一个读者都认为自己知道答案。但是读者应该考虑到这样一个事实：布鲁诺・贝特尔海姆，这个大多数人认为是一个能力出众（至少不是笨蛋）的心理学家，觉得这个故事讲的是阴茎嫉妒情节——显然这是一个小众的观点。有些人可能会认为这个故事讲的是儿童般天真的胜利，有些人可能会持其他观点。问题的关键是，当我们读或听这个故事时，我们从《杰克与魔豆》中获得乐趣的并不一定是我们的感觉，一些基本的哲学问题正在被戏剧化、被阐明。对于《天路历程》这本书，寓言是其最主要的吸引力，尽管有些人可能认为这本书最吸引人的是其风格，这或多或少有些说服力。当然，在梅尔维尔的《文书巴托尔比》和托马斯·曼的《魂断威尼斯》中，哲学内容是我们能够全神贯注的部分。如果主题不是我们喜欢一个故事的主要原因，也不是我们重新阅读并将作品推荐给朋友的主要原因，那么主题则往往不是好作品最重要的特质。主题像一栋精致老宅的地板和结构支撑，不可或缺，但通常情况下，不是读者为之惊叹的原因所在。主题或意义往往是建筑和装饰风格向我们传递的关于居住者的信息。高中和大学时期语文课上大家之所以对主题如此迷恋，仔细想想其中缘由，我认为无非是因为老师需要说些有智慧的、令人惊叹的话而已。一个由薄伽丘、巴尔扎克或博尔赫斯讲述的完美故事很难仅仅被作为故事谈论，而且因为所有的故事都“意味”着什么，有时故事的含义稀奇古怪、令人惊讶，很难让人只谈论故事而不谈论其意义。

由于这个原因，大学生很容易接受这样的看法：伟大的作家首先是哲学家、教师；他们写作是要“展示”点什么给我们看。这也是教师和专业评论家传递给我们的信息，他们经常用这样的话来误导我们：“简·里斯向我们展示……”或“福楼拜表明……”。进行创意写作教学时，常常听到学生们这样介绍自己的文章：“我试图展示……”此处的错误一经指出就显而易见了。请问这位 20 岁或 25 岁的作者真的有什么出色见解，是那些睿智的读者群体（医生、律师、教授、熟练的机械师、商人）从来没有听过或想过的吗？如果这位年轻小说作者断然回答说“有”，那么他若能入职政府部门，可就功德无量了。如果我抨击这种观点，那么我这么做只是因为我认为文学课程的效果，对于某些学生来说，常常是百害而无一利的。

人们常常在二十几岁的年纪，会不禁觉得自己的父母和其他大多数的大人都是愚蠢的、卖弄的，或至少是令人失望的，这种现象可能并非普遍存在，在许多情况下程度也不尽相同。他们的不屑部分源于成长中的心灵斗争，乔伊斯认为这是年轻人彰显自身力量、取代老一代人势在必行的事。毫无疑问，这是一个阶层的特点：低层或中下层的孩子被明里暗里地督促着去超越自己的出身，他用心良苦的父母和朋友却永远无法预见，他出人头地的梦想能否得以实现，孩子可能会接受他所提升到的那个阶层的偏见，同时带有一丝神经质的困扰，这时，他可能会永远蔑视他以前的生活，同时在一定程度上，他所挤入的阶层也不可能完全接受他。毫无疑问，年轻人的傲慢自大也与老师们传统的理想主义有关。这些老师一直喋喋不休地说上一代是多么的不可救药，拯救世界要靠新一代了，这些话也并非毫无道理。无论何种原因，年轻人——年轻小说家——都应该受到鼓励，让他们觉得自己就是生活的希望，自己就是救世主。

那种感觉没什么不妥之处，这是很自然的事情。由于天性，无论他有多么年轻、多么神经过敏、多么执迷不悟，从来没有艺术家能违背自己内心深处的感受而成名。然而，在通常情况下，幼稚的情感不能创造真正的艺术，如果年轻小说家能了解自己的爱好，他就能避免滥用精力。青年作家极其容易认为，他成长于其中的那个社会阶层的所有人都是傻瓜、伪君子，需要严厉地批评和教育。随着这位作家逐渐成熟，如果一切顺利的话，他会意识到他所蔑视的人其实具有重要的美德，他们的头脑和心灵比他所了解的要美好得多。向人们展现正派的信念与态度，这种愿望有悖于小说最崇高的目标。

说到底，作品最重要的不是作者的哲学观点（不管怎样，这些观点都将呈现出来），而是人物的命运及这些人物的做人准则，或慷慨，或固守诚实，或吝啬，或怯懦，在特定情况下对他们的益处和害处。作品最重要的是人物的故事。

对学习文学的人来说，他们很容易认为自己以及他们的老师和同学们要胜过那些不熟悉埃兹拉·庞德的人。同样，他也很容易被教科书说服，认为在文学中，“娱乐”即使不是卑劣的，也是低级的价值观。若加以正确的指导，学生可能会信服某些他最初认为平淡无奇的、本能地不予理会的经典作品（例如朗兰的《农夫皮尔斯》和理查德森的《克拉丽莎》）事实上都是非常有趣的书，尽管它们不像《坎特伯雷故事集》、《汤姆·琼斯》或是沃尔特·M·米勒的科幻小说（如《莱博维兹的赞歌》）那样具有一般意义的娱乐性。如果他上的文学课程够多的话，这位年轻的准作家可能学会限制自己的每一个真正本能。他学会对 J. D. 塞林格的卑劣倾向、海明威硬汉式多愁善感的抱怨、福克纳用华丽辞藻打破生动美梦的坏习惯、乔伊斯的矫揉造作、纳博科夫的冷漠无情等视而不见。他会懂得，那些他起初以为非常优秀的作家，通常是女性作家（例如玛格丽特·米切尔、赛珍珠、伊迪丝·华顿和简·里斯），是“实实在在的”二流作家。有了合适的老师指导，他会懂得荷马的《伊利亚特》是一首反对战争的诗，《坎特伯雷故事集》是一种变相的布道，或者如果他师从斯坦利·菲什教授及他的助手们，他会懂得我们说莎士比亚的作品比米基·毕兰的作品“更好”是完全不客观的。如果他也上了创意写作课，他会懂得作者应该写自己了解的东西，会懂得小说中最重要的是观点，也会懂得情节和人物都是过时小说的标志。对于一个没有学过文学的聪明人来说，这一切似乎都很奇怪，但对于大学课堂里的学生而言，这是不加防范的，而且做出让步的好处有很多，其中主要的一个好处是成为文学精英的诱人甜蜜。

正是教育误区中存在的花言巧语让青年作家变得固执，甚至粗暴，这恰恰是青年作家宝贵的特质。优秀的青年作家，以后可能大有作为的那些人，明白自己知道什么且立场坚定——主要是明白讲故事的最佳品质就是讲故事。如果故事的人物很无趣，那么再深刻的主题也将微不足道，如果高超的技巧运用得不得要领，妨碍了我们了解人物以及人物的行为，那么这些技巧也很讨厌。

在大学里拯救了作家的固执精神将终生为之服务，且如果这个世界没能注意到他的优秀，那么这种固执精神会捍卫、保持他的自我价值感，如果有必要的话，还可以将其从不得志的困境中解救出来（知名作家往往不会像不知名的作家那样精心地编辑和修改书稿，往往会被人要求在他一无所知的问题上发表观点，往往会被找来给朋友的劣质作品写书评或吹嘘荐稿）。在以后的生活中，固执精神会像在大学时一样有用，会使他避开那些试图给他提供糟糕建议的人。因为不称职的大学写作教师会让这位写作初学者把小说写成像简·奥斯汀、格里斯·佩利或雷蒙德·卡佛的那样，随后好心的笨蛋（例如编辑、审稿人、院士）肯定会给作者施加压力，让他更加接近他们自己想要的模式。当然，作家的固执精神不应该是绝对的。有些意见尽管乍听上去很不好听，但最终确实有用。

如果作者懂得在故事中排首位的、最重要的是故事本身，且最好的故事能开启一场生动连续的梦境之旅时，他就很难对写作技巧感兴趣，因为打破故事连续性、中断小说梦境进展的罪魁祸首就是不得当的技巧。他很快会发现当不公平地操控自己的小说——强迫书中人物做他们本不愿意做的事情；或者依赖象征主义（小说的力度因此被削弱，太多的精力被用于纯粹的智力技巧）；或者打断情节只是为了说教（不论他要讲什么大道理）；抑或是为了彰显自己的风格，使之比他笔下最有趣的人物更引人注目——作者用这些拙劣的技巧损害了自己的小说。发现这样的错误就等于开始改正这些错误。读读其他作家的作品，看看他们是如何做的（他们是如何避免明显被操控的），或者读读关于写作的书——即使是最差的书也可能有用，最重要的是，要写、写、写。在结束这个话题之前，我要补充的是，当阅读其他作家的作品时，青年小说家不应该以文学专业学生的方式去读，而应该以小说家的方式去读。优秀的文学专业学生研究一部作品，是为了理解并欣赏它的含义，认识该作品与同时期其他作品的关系等。青年作家应该通过阅读来了解怎样达到各种效果，怎样完成各种事情，有时会思考他自己在相同情况下的所作所为，思考自己的处理方式是更好还是更糟以及其中缘由。他读作品的方式应该像年轻建筑师看建筑物那样，像医学学生观察手术那样，既专心致志，又吹毛求疵；既希望从大师那里学到东西，又要警惕任何可能出现的错误。

完全掌握写作技巧需要更强大的心理。如果一位作者学习写作技巧进展缓慢而认真仔细地打磨自己的写作技巧，不遗余力地强化自己的风格，且并不急于发表，人们可能会开始轻视这位作者并满腹好奇地询问："你在干什么?"言下之意是："你怎么一直坐在这儿无所事事?"这时，孩子气的好处就体现出来了——作者拒绝认真对待生活，搞恶作剧，尤其是他醉酒时，快要哭出来的样子，都是让施压者离开的鬼把戏。如果压力越来越大，甚至可以通过咀嚼东西、喋喋不休，或揉搓自己的衣服来释放压力。

对这一点我是非常严肃认真的，我并非想大事化小。根据我自己的经验，成长中的作家会忧心自己是在自欺欺人，在欺骗自己的家人和朋友，在使家人和朋友难堪，对他们来说，最难的就是克服这些焦虑。对于大多数人，即使是那些不怎么读书的人来说，写作都有些特别、神奇的色彩，他们很难相信自己认识的某个人——某个在很多方面平平凡凡的人——真的可以做到这一点。他们往往对青年作家怀有一种复杂的感情，既喜欢钦佩，又怜悯同情，认为这个可怜的家伙是多多少少有些不能适应环境或是被误导了。我所知道的所有人类活动中，写作最耗费时间：如果一个人不能每天在写作上投入几个小时的话，这个人很难成为一个成功的作家（即使他成为成功的作家，也需要花一段时间才能进入状态，也需要花数小时才能写出几页像样的草稿，也需要花费大量时间来修改他的作品，直到这些作品经得住人们的反复阅读）。不可避免地，作家不像他的朋友们那样下午五点就可以下班。如果他有妻子和孩子，他就不可能像他的邻居那样对妻儿关怀备至。如果这位作家并非浪得虚名，他会因此觉得愧疚。因为他追逐的艺术之路是那样艰难，他不可能像他的邻居那样在事业上取得令世人瞩目的进步：当他高中或大学最好的朋友在著名的律师事务所成为新的合伙人，或在医院有所建树之时，这位作家可能仍在大汗淋漓地写他的第一部小说。即使他在声誉不错的期刊上发表了一两篇文章，他仍然没有信心。在我教学的那些年里，我一次又一次地看到有才华的年轻作家苛责自己几乎到了令人窒息的地步，因为他们觉得自己没能履行对家庭和社会的责任，觉得——即使已经有几个故事被接受——自己是在自欺欺人。每一封退稿信都是一次摧残，父母每一次温柔的提醒——“现在是时候生个孩子了，你觉得呢，玛莎？”——都可能成为一次精神危机。只有坚强的性格，以及几个信任这位作家的家人朋友不断的鼓励才能让他渡过这段艰难的时期。作家必须以某种方式说服自己，实际上自己是在认真地对待生活，非常认真以至于愿意承担巨大的风险。他必须找到办法——调皮幽默或任何其他方法——来抵御那些对自己自尊心的恶意或善意的打击。

只是简简单单讲一个一流水平的故事——没有劣质的操控，没有梦境的中断，没有自我夸耀或自我意识——是特别困难的，而只有已经明白这个道理的作者才能体验到小说中完全的“慷慨大方”。在最优秀的小说中，情节不是一系列的出其不意，而是逐步推进的一系列认知或者觉悟的时刻。年轻作者（那些懂得写作就是讲故事的人）所犯的最常见的一个错误是，认为故事是从隐藏的信息中获得力量的。

隐藏的信息也就是作者吊着读者的胃口，然后出其不意。内容不宽泛的小说首当其冲，这种小说的作家不愿意把读者作为一个平等的伙伴对待。

举个例子，假设作者打算讲这样一个故事：一个男子搬到了自己女儿的隔壁，这位十几岁的女孩并不知道这名男子是她父亲。该名男子——叫他弗兰克吧，也并没有告诉这个女孩——不妨叫她万达——她是自己的女儿。尽管年龄不同，他们俩后来却成了朋友，这时女孩开始对男子产生了性吸引力。

愚蠢的或没有经验的作者是这样处理的：故事中的女儿不知道两人的父女关系，读者们也不知道两人的父女关系。直到最后关头，他跳出来大喊："太让人难以置信了!"如果作者从父亲的角度来讲故事，并隐瞒重要信息，从传统的作者与读者的关系的角度来说，这位作者是骗人的，也就是说，他捉弄了读者（那些在当代小说中受欢迎的、所谓不靠谱的叙述者并不是违反了这种关系，我们必须留心并学会不信任的并不是讲故事的人，而是那个虚构的叙述者，一个人物形象。如果故事讲述者本身是不可靠的，我们必须避开他，就像我们会避开一个疯狂的船长或连环杀人犯那样）。

从另一个角度说，这个故事如果是从女儿的角度讲述，那么就合乎常理了，因为读者只能知道女儿所知道的事，但作者没能把握好自己的想法。女儿在这个故事中只是受害者，因为她不知道事实的真相，这个真相会使她做出重大的决定，即与自己的感情抗争，从而做出决定，接受自己做女儿的角色，否则，可以想象的是乱伦。当小说的中心人物是受害者，不是行动的发出者而是接受者时，就不可能有真正的悬念。诚然，在优秀的小说中，并不总是容易看到中心人物的力量。詹姆士的《螺丝在拧紧》一书中，女教师极力否认她本人在串通邪恶势力，但令我们恐惧的是，我们渐渐地了解到她确实在串通。一些故事——例如卡夫卡的作品——是为了满足某种目的：某种喜剧小说的核心手法是“严肃”，小丑英雄被宇宙击倒，我们因一个人物的失策及丧失信念像极了自己而讥笑他（这并不是说卡夫卡的角色——或者贝克特的角色——没有去做，只是他们没有成功）。说到底，真正的悬念源于道德的窘境及勇于做决定并付诸行动。虚假的悬念来源于偶然的、毫无意义的一件接一件的破事。

更明智或更有经验的作者给读者提供信息，这些信息帮助他们时时刻刻了解故事，并得到这样的效果：当读者阅读的时候，他会问：“弗兰克会怎么做呢？如果弗兰克打算……万达会说什么？”等，而不是问：“这些人物接下来会怎样？”像这样融入故事当中，读者才会感受到真正的悬念，也就是说，真正关注人物角色。虽然比不上作者本身，但读者积极地参与了故事的推进和发展。他推测、预计，因为已经得到了一些相关信息，所以，如果作者做出了虚假的或难以令人信服的结论，或者把人物的行为推向了一个不合常理的方向，又或者使书中人物产生了有悖于正常人在那种情况下应有的心理活动时，读者能够捕捉到作者所犯的错误。

如果弗兰克的任务性格被描述得清晰、有趣、栩栩如生，读者会为他担忧、理解他、关心他所做出的选择。因此，如果弗兰克在某些时候，由于怯懦或犹豫不决，做出了一个任何正常人都认为不妥的选择，那么读者会为他感到尴尬和耻辱，就像是读者所爱的人，甚至是他自己做了这样一个决定一样。如果弗兰克或早或晚地表现勇敢，或者至少是诚实、无私的，那么读者会有一种骄傲的快感，仿佛是他自己或是他爱的人表现很好——这种骄傲最终对最好的事物表达了愉悦，这不仅是指虚构的人物，还指整个人类社会。如果弗兰克最终的表现良好，而万达表现出意外的（但不是任意的或者由作者操纵的）高尚，读者会感觉更好。这就是小说的道德。在弗兰克和万达的故事中，道德不在于他们选择乱伦与否。好的小说不关注行为准则——至少没有直接的关注，它肯定了人性中的责任心。

年轻的作家若是能明白为什么最明智的方法是把弗兰克和万达的故事讲成一种困境、苦难和选择，那么他就从最广泛的意义上懂得了好作品的“慷慨”这个词。明智的作家依靠人物和情节为他的故事添加分量，而不是依靠使用隐瞒信息的把戏，这种隐瞒包括最后的结局——尽管他们现在知道了，他们是会乱伦还是不会乱伦呢？换句话说，作家将自己暴露在攻击之下，就像没有防护网在高空走钢丝一样。在这方面作者是慷慨的，因为尽管他掌握了所有技巧，但只能用上那些对故事有用的技巧：他是故事的仆人，而不是主宰者。对他来说，写故事是炫耀自己技巧的借口而已。这并没有忽视他对文章价值的非凡贡献。因故事需要，他出色地使用了这些技巧。他完全为作品服务，但是他的服务带有自己的特征。关于这一点，后面再详述。

小说中慷慨的特质很重要，这需要作家具有一定程度的稚气。那些能够精神集中、对生活目标明确的人，那些逐渐敬重成年人（有不错的生活、教育背景）、那些比自己富有、那些令人追崇的著名的人（例如电影明星），更有可能多次修改作品以讲好一个故事。他们不会明显地使用技巧，对于那些用许许多多被用滥了的技巧却不会讲故事的人，他们对后者所获得的名声和财富觉得难以容忍。首先，优秀作家由于自己固执的粗暴，嘲笑其他人称赞的东西，然后，由于他身上有明智之人认为的稚气般的健忘和冷漠，他回到了自己愚蠢的过去，这是真正艺术的产生。

好小说拥有的特质和作家的人品特征可能会帮助他实现这些目标，且不会耽搁太久。我说过，好小说在理智和情感上都非常出色。这一切都意味着一个故事若中心思想乏味，不管作家的讲述多么精彩，都注定是一个乏味的故事。举个简单的例子。一位年轻的新闻记者发现，他的父亲（一位市长且一直是自己的英雄偶像）是妓院和性用品商店的秘密主人，并一直操纵着恶性高利贷。这位新闻记者应该揭发自己的父亲吗？无论父亲的秘密生活是怎样的，是他影响了这位记者全部的价值观，包括正直、勇气以及对社会的关心。那么这位新闻记者要怎么做？

谁在乎呢？整个故事主题低级，对流行小说家来说这已经够好了，但从艺术的角度来说，这种情节一无所用。它第一个错误是所暗示的思想冲突实际上是枯燥的，也就是说，个人诚信（实话实说）和个人忠诚哪个更重要？只有非常奇怪的人才不会说真话永远是相对的。如果你生活在第二次世界大战期间的德国，一个犹太人正藏在你家的地下室里，你若站在门口告诉纳粹家里只有你一个人的话，你就一点也没做错。个人诚信（不撒谎）在遇到特殊情况时就另当别论了，这个问题是显而易见的，甚至没有讨论的必要。在这个虚构的故事中，父亲的不堪行为隐藏得如此之深（至少是这么设定的），只有傻瓜才会犹豫要不要违背个人诚信。几乎没人会质疑一定程度上个人忠诚是件好事：其价值是显而易见的。无须争辩的。若说我刚刚设定的这个情景与罗伯特·潘·沃伦在《当代奸雄》里的情景一模一样的话，很多人会提出异议。我要做出肯定回答，正是如此。且注意到从辞藻华丽的绝技开头，到其哥特式延迟的结尾，这种多愁善感的倾向削弱了小说内容。但公平地说，尽管它多愁善感，但这本书是成功的。我不得不说，期待我想要转向的下一点，是潘·沃伦的人物拯救了小说中的观念，而这种观念在其他作者看来是不好的。如果基本的情节和观念极具戏剧性，人物的复杂性会极大地丰富主题，且在一定程度上对其进行挽救。

新闻记者这个故事中错得最离谱的地方在于：它从错误的地方开始，没有人物而有情景。人物是故事的生命。设定存在的场所使人物有地方站住脚，设定一些事情来帮助说明人物，设定一些东西让他拿起来扔出去，如果有必要的话，吃掉它，或者给他的女朋友。情节的存在使得人物发现自己是什么样子（并在此过程中透露给读者），这类似于：剧情迫使人物做出选择并行动，将其从一个静态的人物转化成一个逼真的人物，由他做出选择并为此付出代价或获得成功。主题的存在只是使人物站出来，成为某个角色：主题是极其重要的关键性语言，用来说明人物的主要问题是什么。

再来看一下弗兰克和他女儿万达的故事。即便不用费心搞清楚主题，这个故事也可以写得很好：完全可以让作者清楚地知道弗兰克正处于一个有趣的困境之中（其中一些细节需要作者停下来并弄明白）。出于某种原因（任何有说服力的理由都行），弗兰克搬到了他女儿的隔壁。他知道这一点，而她却不知道（任何能解释这个奇怪事实的理由都行，只要它非常有说服力，没有读者怀疑它就行）；他决定不告诉她（由于他的性格或所处的境况导致。另外，任何理由都行，只要有说服力且不违背故事里的其他细节就可以）。那么，两个人物所处的有趣情况是：①或许有些出乎我们意料的是，他对这个他以前从不知道的女儿开始有了父亲般的爱，也可能因此而骄傲；②他喜欢看到她，看到她的次数越多越好；③她开始发觉自己爱上了他，这种爱不是女儿对父亲的爱。所以他必须选择要么告诉她事情的真相，要么不告诉她。不论做出怎样的选择，最终的问题都是，他们该怎么办？

在故事进展过程中，每一个细节都会影响人物承受的压力程度及最终他们的选择。假设女孩的母亲已经去世，她与继父一起生活。如果继父冷漠她，或者继父是一个酒鬼、疯子，并且总是去克利夫兰出差，她对弗兰克的爱慕及见到弗兰克的机会都会增加。假设弗兰克失去女儿和妻子是因为他坐了17年牢，他会非常羞愧。在这种情况下，他对女儿的渴望和他对告诉女儿真相的恐惧都会非常强烈。显然，作者选择哪个并不重要——如果聪明的话，他会简简单单地选择那些他最希望读者读到的细节，但无论他选择什么细节，他都应努力去发掘那些有丰富含义的细节。

随着故事慢慢被充实完整，弗兰克与万达的故事可能第一眼看上去与那个新闻记者和他父亲的故事似乎差不多，但仔细观察后，我们明白事实并非如此。在弗兰克与万达的故事中，最初情景存在的原因是弗兰克的性格冲突，因为：他既希望向女儿透露自己的身份，又想隐瞒自己的身份。或者，把问题置于更广泛的哲学领域，他想既置身事外又想参与其中——这是不可能的。内部冲突必然导致外部冲突，很容易使其戏剧化：万达爱上了一个男人，她并不知道他是自己的父亲，万达必然会暗送秋波，得到的回应又必然会使她困惑不解。我们可以预测出这样的发展方向：从喜悦到烦恼和困扰，到争吵和眼泪，再到真相大白，到最后做出决定（小说情节的相对可预见性没什么不对。最要紧的是事情是怎样发生的，对于直接卷入其中的角色和那些把人物角色作为代表的大众读者来说，这些事情的发生意味着什么。不用说，如果这些预测以某种出人意料的方式出现必定是最好不过的了）。

在几乎所有的好小说中，基本的情节是（大都是这样，但也有例外）：主角想要得到一些东西，尽管困难重重（这可能包括他自己的困惑），但坚持不懈，最终他成功了、失败了或是放弃了。在小说中，人物故事的利弊变得复杂（小人物和次要情节等使每个推力、利益和弊端都戏剧化），但是无论怎样掩盖，这种形式依然存在。就像我之前描述过的“受害者的故事”永远不能奏效，因为受害人本人并不知情，且缺乏信息等（如果受害人的愿望是不想成为一个牺牲品，且如果他或她采取了行动，那么受害者的故事就不是一个“受害者的故事”了）。我说过“在几乎所有的好小说中……”是因为我们确实见过特例。我已经提到过卡夫卡和贝克特，他们能使用总是失败的小丑英雄形象。我读到乔伊斯在《都柏林人》中应该懂得的“顿悟”这种特殊情况，这个故事，尽管其目的是为了实用，是通过读者代替传统主角而形成的：是读者主动追求的，是读者在故事高潮时，获得“胜利”——这是一种视觉的突然转换、一种新的理解、一种“顿悟”。

当然，不是所有的故事都以这种方式写作，例如《死者》就不是。任何情况下，都没有人会否认顿悟小说的效果；但如果我对它是如何奏效的分析是正确的，那么比起它乍看上去的样子，它更像是一种常规。

由于受到卡夫卡做法的启发，在新闻记者的故事告一段落前，我们应该承认这个故事也确实有一个翻盘的机会。所有的美学规则为喜剧让路。让我们假设，新闻记者是一个彻头彻尾的傻瓜——但是一个有趣的傻瓜。他坚定地相信父亲说的一切事情，父亲的话是他生活的准则。他还深深地爱着他的父亲。显然，我们没有把它处理成戏剧，而是写成了有可爱白痴英雄小丑的故事，像是马克斯兄弟或劳雷尔和哈代的戏剧那样。新闻记者（劳雷尔）、他的父亲（哈代）及故事中的其他人物实际上必须成为小丑，小丑对人类情况的评论不同于现实主义小说，甚至不同于其他种类的小说，例如哥特式小说。它全盘地颠覆现实主义，但是它只是完全不同地呈现出一种特殊的爱的讽刺。这个故事现在看来至少在理论上是行之有效的，这是因为，尽管思想的交锋本身并没有精彩之处，但其中的人物行为像是卡通形象，这可能就生动有趣、吸引眼球了，且他们愚蠢得有趣，我们一眼就能识破。尽管这些人物显然不如我们，但是他们小丑般的痛苦、困惑和胜利却与我们自己相似。没有人会说这个故事表现出出色的智慧，但它至少不再体现作者微弱的意识。至于这篇作品情感上的出众，就喜剧来说，我们唯一的判断途径是把故事讲给读者听，看他们是否会笑。

如果年轻作家打算在作品中做到智力出众、情感深刻，那么他必须要分清楚愚蠢的想法和有趣的想法、琐碎的情绪和重要的情绪。这方面可以由老师指点一二，例如，老师可以像我刚才做的那样指出，以性格和冲突开始的故事势必会比没这样写的故事更有趣，这个原则甚至适用于惊悚小说、农夫题材及恐怖故事。作家对于话题是否有趣的感知能力可以通过以下方式得到一定的提高：广泛阅读，和智者进行交流，以及有意识地努力成为詹姆斯所说的“上知天文下知地理的大人物”。

总体来说，识别精彩之处的能力是一种天赋。它可以使作者避免成为一个笨蛋，而让其成为一个有独立思维、不随波逐流的人；它可以帮助作者成为一个不急不躁、思想深沉的人，而不是一个急于炫耀、思想浅薄的人。如果年轻作者在本质上是愚蠢的，他的机会就会很少，虽然也有可能不是那么的糟糕。每位中年老师或年纪再大一些的老师都可以举出几个以前教过的非常成功的学生的例子。这些学生在大一或大二，甚至大三或大四的时候，看起来蠢得无可救药。但是人会改变的，有时是因为外力——疾病、失败的婚姻、破碎的家庭或是死亡；有时是因为爱和成功；有时是一个渐进的成熟和思考的过程。

对于如何表达小说的陌生感，人们很难知道答案。诗人柯勒律治说过，如果没有确定的陌生感，就没有伟大的艺术存在。大部分读者会认同他说的话。在每一部优秀的小说里，都会有这样的时刻出现，我们为事情水到渠成的完美发展及其完全出乎意料的发展感到惊讶。例如，在《罪与罚》中，斯维德里盖洛夫的出场可谓姗姗来迟、出人意表；《简爱》中罗切斯特的掩饰伪装；《尼可拉斯·尼克勒比》里的屋顶场景；《只争朝夕》里汤米无意间出现在葬礼上；《爱玛》里的定情时刻，或者说我们在很多小说里都会经历这样的时刻，此时寻常与不寻常之间就会有短暂的相互渗透贯通，或者，寻常之事就会瞬间显露出不同的一面。要写出一部好的小说，就得要有一丝狂热，就得能时不时地用自己内在最黑暗、最原始、最精明的部分去进行创作，或者得能时不时地关上门来使自己沉浸在对生活的思考中——就如同在《安娜·卡列尼娜》中，很奇怪，列文向吉蒂求婚时与托尔斯泰向他妻子求婚时用的是一样的方式。因此，在小说中，陌生感是唯一一个不能被编造的特性。

如果我能解释清楚在此我到底想表达什么，那么我做的也许就是前无古人之事了：即揭示创意过程的根源。不可思议的是，即使是亲身经历了这些时刻，过后也会发现，人们讲不出来，甚至也记不清楚到底是怎么回事。人的思维就这样以一种貌似无法解释的方式被打开了，他便走出了世界。他知道自己离开为的是回来时可以找到这样一段话，也许是一个场景或只是寥寥数语，但是却更加生动鲜活、非同寻常，远非自己力所能书——可千真万确，它们就摆在那里（我想，或许是这种经历促成了很多诡异神秘故事的诞生，直到故事的最后一段，看到来自异界入侵者遗留下的戒指、硬币或是粉红丝带，才能确信这段经历真实存在过）。任何时候，写作都需要在一定程度上进入恍惚状态：作者必须凭空臆造出一个人物、一幕场景来，他必须专注思考自己臆想的画面，直至画面在脑海中栩栩如生，宛如他在其他时刻，看到一位打字员以及他面前凌乱的办公桌，或是他墙上挂着的往年日历。但对我们大多数人来说，偶尔，仅仅是偶尔，有些事情就会发生，邪恶力量会掌管一切，或我们会做噩梦，这时，想象变成了现实。

我曾记得，在写《格伦德尔》的最后一章时，这种对事物认识的改变给我带来了巨大的冲击。当时，经历本身并不新奇也不意外。之所以说它奇特是因为过后我似乎依然清楚地记得发生过的一切。格伦德尔的臂膀被贝奥武夫扯掉，之后，他意识到自己行将死去。纵观小说，他始终坚定地认为，我们没有自由意志，他认为所有生命都是残忍的机器体，且一切诗意的想象都是讽刺的谎言，甚至现在他依然持有那些想法，一部分是害怕即胆怯，另一部分是由于顽固的自我爱惜：尽管贝奥武夫把格伦德尔的头撞在墙上，并威胁他做一首关于墙的诗，但格伦德尔却坚持他的信念，他害怕自己被宇宙所吞噬，也害怕人们说服他，使他相信他的想法和身份地位是统一的。“颇受鼓舞”的文章大致是这样开始描述的（当然我并不是在探讨它的美学价值）：

> 现在没人跟着我。我又跌倒了，虽然我只剩下一只胳膊，且很虚弱，但依然能用它去紧紧抓住橡树缠绕的根。我凝望着群星，夜空下的黑暗让我感到恐惧。我似乎知道这个地方，但那是不可能的。我低声道：“这是个意外。”我跌倒在地。似乎我总渴望跌倒，虽然我早就知道我不能赢，但还是用全部意志去与其抗争。我感到困惑不解，浑身因害怕而瑟瑟发抖，我站在离可怕的悬崖边仅三英尺的地方，我发现自己在慢慢地靠近悬崖，这使人难以置信。望着悬崖下无尽的黑暗，我觉得有种黑暗之力正如一股洋流似的向我涌来，我内心有只怪物，就如同深海在疑惑，在海底有一位可怕的黑夜君王，骚动不安，这些联想使我感到自己是自愿地陷入死亡之中的。

在这本小说中，我会不时地引用威廉·布莱克的诗歌和散文，他极大地影响了我对想象力（转变与救赎的力量）的看法。在此，我仅凭自己的想象来描述格伦德尔，试图自我感觉一下那种逃离密林深处、流血而死是一种什么状态，这时我忽然毫无准备地坠入一场布莱克式的、充满力量的梦境：先是橡树缠绕着的巨大树根，接着上下翻转、一阵头晕目眩（我甚至体会到格伦德尔仰面摔倒的感觉，他一边向上凝望着树梢，一边却想着向下俯瞰，这个意象让我想起了童年时的恐怖经历，如果地球确实是圆的，那么某天我可能会掉下去）。尽管橡树取自于布莱克，但却让我产生了其他的联想。在乔叟的诗中，橡树通常与基督教的十字架以及悲伤的情绪紧密相关；从另一方面来看，橡树与德鲁伊教徒以及人类的奉献精神紧密相关，这些晦暗的想法是我童年时期听类似《古老的十字架》这种歌时形成的（十字架上沾染着圣血），还会让我想起一些灰色的、令人厌恶的东西，比如，身首异处的小鸡、被屠宰的牛、孩童认为死亡有罪的看法及上帝的终极道德丑陋。

在我写作处于恍惚状态时，我没有把这些想法区分开来。我看到了布莱克描写的树，这和我读乔叟的《公爵夫人之书》时看到的树一模一样，它和我小时候想象的那个十字架一样威力巨大、血肉模糊（我意识到，这并非一个传统的意象）。尽管没有十足的把握，我还是认为，正是因为这棵树的意象与童年时期的经历密切相关，才使我产生了一种“既视感”（似曾相识的感觉）。模仿（实际上是感受）格伦德尔内心的恐惧，我和他的反应如出一辙，固执己（他）见：“这是个意外！”也就是说贝奥武夫的胜利没有道德层面的意义，所有的生命都是意外。但是我猛然惊醒，不禁担心，或许这一切不全是意外呢，这是因为童年时对十字架的种种印象——血迹、罪恶、渴望成为好孩子、渴望得到父母和那位令人生畏的圣父的宠爱，而这位圣父远居于群星之上，这种异在让人害怕至极。因此，尽管心中认定一切都是意外，格伦德尔还是选择了死亡，从道德层面上与上帝结盟（试图自我救赎）；也就是说，他违心地注意到自己似乎“渴望倒下”。突然，噩梦的场景出其不意地发生了转变，由“俯瞰”树梢之上深邃的夜空转变成从悬崖边向下看，这同样让人觉得头晕目眩。我并非因为头天晚上做了场噩梦才有意地这样转变场景，而是在转变场景时才发现自己写的是之前做过、到那一刻才想起的一场噩梦。

一两天前，我和家人观看了奥林匹克滑雪运动员们的训练——至少对我来说，这是一件可怕的事情，因为我恐高。在写下这段话的头一天晚上，我在梦中发现自己缓慢地——但是却势不可挡地——向跳台的边缘移动，下面的雪地遥不可及。不知何故，在噩梦中，我千真万确地觉得自己就情愿倒下（我认为“倒下”这个词是个奇怪的双关语。无论如何，我经常在某些时候用这个词，以表达美好的意义。所以，我在写这部分时——或者在忍受精神恍惚的状态时，内心的恐惧也许关乎道德悖论，就像人们潜意识里会有一种邪恶的喜悦感：格伦德尔情愿死去，潜意识里他是想乞求上帝不要让他死去；他情愿“倒下”，他是在向自己痛恨且畏惧的上帝发起挑战）。格伦德尔感到自己的某些转变，从某种角度来看，就像是宇宙的转变。他就像“一股洋流”，这股洋流使贝奥武夫杀了他；他感到自己内心有某种东西（他的心，本我）与那股洋流合为一体。因为在小说的开始阶段，住在

“里面”（一个洞里）的正是格伦德尔本人，也正因为他为那个“本我”怪物提供了住所，所以他所畏惧的峭壁正是他自己，他就是那个虚构的神秘人物（“深海奇人”）。如果把整个夜空看作上帝的洞穴，那么格伦德尔本人“在洞穴中坐卧不安、恐惧暗夜”，他所恐惧的就是上帝。在我写这段文字的时候，并没有刻意思考就把所有的意象都联系起来了（洋流、怪物、深海奇人等）：就这样浑然一体，悖论被坦然接受，这在写作的恍惚游离之中是可以的。

我之所以在这里啰里啰唆、喋喋不休，只是想说明一点：当我从这些恍惚状态回到现实的那一刻，我唯一能确信的就是我似乎是被某些冥想所掌控了。我只记得，似乎是这样的：在那一刻，我们做梦的实际过程已被掌控。魔法钥匙出现在梦中，所有的玻璃杯顷刻都倒下了，门也打开了。或者是这样的：由于某些原因，通常不连贯的心理过程联合行动了。当然，我在写《格伦德尔》这本书的时候，自始至终都清楚自己试图谈论（或突出，或试图讲清楚）的是自己不能调和的心理体验，这种体验令人苦恼，有时候甚至让人痛苦。这是内心的矛盾和冲突，一方面希望稳妥无虞，很有几分胆小怕事、墨守成规的理性；而另一方面又有一点天真的乐观主义，现在我姑且称之为自己对早期基督教信仰中最愉快经历的偶尔肯定吧。置身于我们所说的已经“超越”宗教的高校人群中，与他们为伍让我觉得惴惴不安，因为这么做好像是怯懦地放弃、欺骗了自己的宗教信仰，可是不这么做好像也是一种怯懦行径，是对自我的背叛，我心怀忧戚地阅读诸如让·保罗·萨特这些人的作品，他们似乎非常清楚自己在说些什么（我是不信）。我也去教堂，但是觉得并不愉快，就离开了。就这样，我一不小心成了一位中世纪基督教诗歌写作的专家，当然包括《贝奥武夫》，这部著作是我在本书最后一部分所谈到的类似神秘主义宏观世界或微观世界平衡的原始资料之一。在恍惚时刻要融为一体的所有因素都已就绪，就如同闪电来袭前弗兰肯斯坦创造的科幻怪物一样被组装完毕。我解释不了的就是这道闪电。也许这要看能否“走出”自我（这很矛盾，因为要进入的人物是作者本人的映像），完全进入人物的虚拟经历。也许还要看此时此刻作者本人所承受的精神压力：整个思维似乎像肌肉一样绷紧，思想高度集中。总之，如果还算走运的话，闪电就会来袭，小说观念中最核心的狂热就会在那一刻跃然纸上。

4

有了语言敏感性、眼光精准性以及故事讲述者的特殊智力测量后，或许作者最需要的就是走火入魔般的强迫症了。对小说家来说，天性喜欢走极端也没什么不好的（至少作为艺术家来说没什么不好的），他严于律己，对自己以及周围的世界心有不满，并竭尽所能去完善自我、改善世界。

如果能加以控制，让小说家受到鞭策，适当的心理创伤也是有益的。比如，童年时期由自己导致的一场致命事故，至今仍耿耿于怀、自责不已；感觉自己总也无法赢得父母的欢心；因为自己的出身而感到自卑——本族有好勇斗狠的风气或是在乡下长大，或是父母身有残疾，或是对自己的外貌自惭形秽，这些都是好兆头。或许那些快乐的、一帆风顺的孩子也可以成为伟大的小说家，但迄今为止，在合适的条件下（既不舒适也不过分不适），内疚或耻辱使灵魂趋向于为成为作家的目标服务。由于作家的工作性质，重要的是，小说家通过这样那样的方式明白了要自力更生而不是依靠他人，他的爱不要求太多回报，不能有太多依赖，他还要从自身（或是某个不公开的标准）寻求赞赏和支持。我们经常会发现，小说家们是这样的一些人，他们在童年时期就学会了烦恼时求助于自己的幻想或是求助于小说以及某些作家的言辞慰藉，而不是向身边的人求助。这并不是说小说家身边有一两个相信他的才能和作品的亲人就没什么帮助。

从根本上来说，小说家和诗人的重要性不可同日而语。一般来说，小说家要是赢了的话，会比诗人赢得漂亮。比如说，一部商业性成功的艺术小说——特别是第三部或是第四部——会带来十万美元以上的进账（以商人的标准来看，这不算真赚，因为这可能是他耗费十年光阴才写出来的），除此之外，还会带来名望、荣誉，或许还会有许多陌生的帅哥美女寄来的情书。但这些都不是——或者说都不应该是小说家选择这个写作类型的原因。他就是这个类型的作家，就是威廉·加斯所说的“一口气作家”，实际上，他只是做了对他来说最自然的事。和诗人不同的是，他有马拉松运动员一样的耐力和步伐。正如菲茨杰拉德所说，每个优秀的小说家都是农民。除此之外，他还拥有小说家们特有的抱负——对不朽作品的品位。或许他起初只是一位写短篇小说的作家，大多数小说家都是这样的。但很快他会发现无法施展手脚：他需要更多空间、更多人物、更多世界。因此，他写出了鸿篇巨作，就如同我刚开始说的，若他赢了，他会赢得很漂亮。问题是（这是我一直要克服的一点）小说家并不总像诗人一样时常获胜。这就是为何他需要受到鞭策，至少要有内因驱动，而不是指望每天或每月的一阵掌声来鼓舞。写一首好诗需要几天或一周时间，写一篇优秀的短篇小说也差不多这样，但写一部长篇小说也许要花费几年的时间。所有的作家都需要赞美和作品的发表才能茁壮成长，作为作家，小说家做的是长线巨额投资，但还不一定能得到回报。

作家的成功带来的不仅仅是赞誉、作品的发表或是金钱：这些能让他更加自信。就像特技赛车手、芭蕾舞演员一样，每一次的成功都让作家学会更大胆地尝试：他们承担风险更大的项目，对自己的要求更严格。所以，他们变得更优秀。在这方面，长篇小说家和短篇小说家相比处于不利地位。尤其是在新手时期，自信最重要，这时却鲜有成功的机会。

让我们更密切地审视小说家必须遵循的创作过程。首先，认真的小说家几乎不能开门见山，直奔主题，一气呵成，从开头写到结尾，在中断后快速地进行修改，然后卖掉他的书。他要展开的想法太大，里面包含太多不可控因素——太多人物，作家不仅要创造每个人物，还必须弄清楚每个人物（如同我们在现实生活中搞清楚别具一格的人），然后还必须将其真实地展现出来；故事里还包含太多的场景、太多的动作，作家必须全身心地投入每个场景和动作中。也许他一连几周甚至是几个月都在全神贯注、有条不紊地工作，但迟早——至少就我的经验来说，作者会意识到自己陷入了迷惘。经过长时间的写作和重写之后，由于他对人物过于熟悉，他会突然对这些人物产生厌烦情绪，会被人物的任一言行激怒；或者他与这些人物如此亲密，会因为不够客观而困惑不已。就像我们经常可以预测那些泛泛之交在某种情况下会有如何的举止，却不清楚我们自己或与自己亲近的人会怎样表现，因此当小说还只是处于一个新思路的阶段，作者往往会对人物有更清晰的看法，而不是数月后，写作已经顺利开展，作者与所有的人物已经熟得像一家人。当我弄不清人物要如何应对出现在他面前的场景时，我自己会中断。假如出现的场景无关紧要，作家的困惑会更大。我曾在写《米克尔森的灵魂》的时候，发现有人给了小说的女主人公一份餐前小吃，可我不能断定她是否会接受。我迫使自己立刻做出决定，让她拒绝了，但之后我发现自己写不下去了。她做出何种选择，无关紧要，但可恶的是就写不下去了。“这太荒谬了。”我自言自语道，然后喝了点杜松子酒，但没有丝毫作用。我似乎现在对这个女人一无所知，甚至我无法确定起初她要不要来参加舞会。本来她是不会来的。这是所有文学作品中最糟糕的舞会了。我干脆不写了，把手稿丢到了一边，拿起木工工具，去制作家具来发泄心头的郁闷。大约一周后，在用带锯切割材料时，就像是在幻想中，我看见了那个女人接受了餐前小吃。我还是无法理解她，但我确实知道了她将做什么，之后又将做什么，以及之后的之后将做什么。

由于就整体结构——节奏、重点等而言，作家只见树木，不见森林，小说可能会陷入困境。我就总是殚精竭虑地专注于场景描写、文字润色、句子修改以及章节删减；还不厌其烦地一次次重写、润色、修改，直到最终发现自己都不知道自己在做什么，甚至回忆不起当初我为何非得写这个场景才算作罢。经验教会我，既然写作进行得如此不愉快，那么我别无选择，只得把手稿扔在一边，把它放一会儿，有时会放数月之久，然后再回过头来看稿子。过了一段时间，换句话说，就是当手稿“凉了”时，错误就会显而易见。这时有可能会发现相比于前后的场景，这个场景过于复杂，或者说这个场景和这部小说根本不配套，或者说这个场景太棒了——这种情况我只遇见过一次，但是小说的其他部分得去掉。即使是一位经验丰富的作家也很难一下子丢掉 200 页不理想的书稿，或者说，如果作者和书稿依然关系密切的话，他就会记得自己在上面耗费的时间和心血，不管怎样都很难将其丢掉。一两年后，如果从一个新的角度去看这些被搁置蒙尘的书稿，就可以轻而易举，甚至心满意足地将其无情抛弃了。

我认为，真的没有别的办法可以去写一部有分量的长篇小说了。你埋头写作，然后将其搁置一段时间，再接着写，再搁置起来，年复一年，月复一月，写得越来越多，突然有一天，你通读全文，并且如你所见，没有一点错误（可是在出版的那一刻，你却在印刷本上发现一千处错误）。我觉得，要是写通俗小说大可不必如此大费周折，因为通俗小说里面的人物不需要有深度、有内涵，人物甲自始至终都是吝啬小气的，人物乙自始至终都是襟怀坦荡的，人物不像现实生活中的真人那样复杂。但通常情况下，要写出一部真正的小说，慢慢烘焙这个过程是不可或缺的。我们都听说过，托尔斯泰创作《安娜·卡列尼娜》、简·奥斯汀创作《爱玛》、甚至陀思妥耶夫斯基创作《罪与罚》都是下了一番苦功的，尽管和大多数通俗小说家相比，陀思妥耶夫斯基在《罪与罚》上所用的时间要长得多，可他还是会为作品的仓促出版感到痛心疾首。

因此，小说家艺术创作过程的本质决定了成功不可一蹴而就。最坏的结果就是很难成为我所说的“权威”，在这里，我说的“权威”并不是自信——习惯性地相信能达到自己所有这一行的任何要求，而是白纸黑字的作品，或是作者本人说出的话语，也是我们获得的印象，立马就会相信这是一个对自己的所作所为心中有数的人，这和我们从优秀的油画作品或乐曲中获得的印象一样。一切都恰到好处，好似信手拈来，却又不容置疑。我们丝毫不会觉得作者在费劲地聆听自己内心的想法，在拼命地跟上自己倾吐心声的节奏，并挣扎着让书后面的内容与之前后呼应。他好像当即就轻而易举地做到了。他一下子就进入了恍惚状态，似乎没什么比这个更容易的了。也许只有通过例子才能揭示我要说的真正含义。

请看梅尔维尔《欧穆》的开头段落中颇为细致的、浅淡的特征：

> 在热带地区一个明朗的午后，我们成功地逃离了海湾。我们找寻到的那条帆船，插着一根主桅杆，向后行驶，远离陆地，这条船成了唯一的目标，打破了广阔无际海洋上的宁静。

我认为，这段话没什么写得特别不好的地方，但是我们看不出说话者的性格特点，从节奏中读不出，也肯定感觉不到说话人的情绪（我们也说不出怎样认真地对待“逃离”这个词），散文形式挤入诗歌形式中。

比较一下，一旦发现自己内心深处那低沉洪亮而又有命令性的声音时，这个作家会怎么做：

> 叫我以实玛利。几年前——别管到底是几年前——我身无分文，对岸上的一切事情都觉得索然无味，我想我要出海航行一段

时间，去看看海的世界……

这就是我所说的“权威”。无须再多加评论，只需听听用这段文字所谱成的音乐，如同行云流水，神秘莫测，又优雅和谐（毋庸多言，其他读者也许会从不同的角度来分析这首诗的节奏）。

在《欧穆》里，节奏缓慢而沉重：

在热带地区一个明朗的午后……

我们成功地逃离了海湾……

在《白鲸记》里，节奏升、缓、停、聚，而后又放缓。有一些符号构成了节奏的基本形式，例如以下节奏的排列：

叫我以实玛利

几年前

不要在意具体是多少年前

没有什么特别的

等等

也许我们可以确信，梅尔维尔不会像一个作曲家一样坐下来去斟酌这些节奏，但他能听到——他听到了一些绝妙、细微的节奏变化，富有诗意的韵律（比较一下，在《欧穆》里“打破了广阔无际海洋上的宁静”与在《白鲸记》里“海的世界，这正是我所需要的”），同时，梅尔维尔还使用了某种修辞手法，就像一位19世纪国会议员或长老会牧师的辞令一样（正如马克·吐温所说），这种修辞手法以一种简练的方式指明要表达的意思。这时，梅尔维尔就获得了权威。

不同于诗人或短篇小说家，长篇小说家不能指望通过接二连三的成功获取权威。1952年，我开始创作《镍山》的时候，第一次宣称自己是位严肃的小说家。也就是说，从那时候起，我决定，无论遇到什么困难，我都要成为一位小说家。1966年，我发表了自己的第一部小说——不是《镍山》。1952—1966年间，我写了几部小说，即使按我年轻时的标准来看，也没有一部是成功之作。那时候，我跟现在一样，一周有七天都在工作，并且一天下来工作好多个小时。年轻的时候，每天工作十八个小时对我来说是家常便饭；现在我工作时间少了些，但我掌握了更多窍门，效率提高了。我说这些并非自我吹嘘。几乎所有优秀的小说家都会像我这样工作，况且这世上有很多优秀的小说家（此外，这真的不算工作。一位著名的篮球运动员曾这样说过，“如果打篮球违法的话，那么我宁愿坐一辈子牢。”对小说家来说是一样的：即使是违法，他们也照做不误，和打篮球相比，的确如此）。

所以，回归到主题上来，小说家不可能通过一次又一次的成功建立权威。如同五月节的舞者，在新手时期，他勇往直前并取得成功。但是他没法不让自己心浮气躁：他的一些校友现在家财万贯，困惑不解地看着昔日班里最聪明的同学仍在苦苦奋斗、一事无成，起码看起来是这样的。

如果想成为小说家的年轻人不被任何事情所驱使、所鞭策，他就不可能成为一位名副其实的小说家。大部分人都做不到，有人半途而废，有人另觅出路。电视和电影吞噬、毁灭的才华和想象力远远超出想象。他们也需要真正小说家的创意，但是却只能以一种残缺的方式加以处理——用逐客令代替了思想，甚至更糟糕。有一次我前去拜访一位成功的好莱坞制片人，他给我列举了一些“美国人不喜欢的东西”。他们已经进行了市场调研，他们有发言权。美国人不喜欢有雪景的电影，也不喜欢关于农夫的电影，还不喜欢电影的主角是外国人。要列举的内容还有很多，但我没听下去，因为我接下来要讨论的这个电影是关于一个越南移民家庭在艾奥瓦州度过的第一个冬天。听了好莱坞的市场调研后，你就会发现，唯一可以写的电影就是对往年大片的廉价模仿。

准小说家可以有很多其他出路。他可以制作电视电影，或“真正的”电影（这并非否认我们偶尔也能发现好的影片），或者弱智的电视节目；他可以成为全职的创意写作教师；他可以进入广告界，或是写色情故事，或是为《国家地理》杂志撰文；他可以成为一个有趣的乡间流浪汉；凭着在通俗小说领域取得的一点成就，他可以成为脱口秀节目的常驻嘉宾；他可以成为政客，或是《纽约时报》或《纽约书评》的撰稿人……

没有什么比成为一个真正的小说家更困难，除非是所有人都想成为小说家，在这种情况下，尽管成为一个真正的小说家是很难的，但其他事情更难。

走火入魔般的强迫症既能成事又能坏事。真正的小说家在受到激励的同时还要保持淡定。梵高终其一生没有卖出一幅画。爱伦·坡凭借其诗歌和小说几近成名，作品却销量寥寥。驱动力要恰到好处才能有所裨益，不至于把作家逼得自寻短见，而是迫使他创作出辉煌的艺术作品；同时，不管小说是否大卖、是否有人欣赏，都可以置身事外、淡然处之。对于小说家和他的朋友们来说，激励都是困扰，但我认为没有激励，小说家就不会成功。小说家的心中不但要有一个耕耘的农夫，还要有一个手持皮鞭激励他的人。

5

没有人能确切知晓初学写作者是否具备成为小说家的素质。年轻作者所请教的人大多并无资格做出评判。他们或许地位显赫，甚至大名鼎鼎，但是宇宙法则表明，各行各业的都有 87%的人不称职。年轻作家必须利用现有证据进行自我决策。我已经相当详细地提出了一些证据以供参考：

语言表达是有潜力的小说家的一项标志，但有些优秀的小说家不具有这种能力，相反，有些相当愚钝的小说家却具备很强的语言表达力。

作家要眼光精准、见解独到，这一点也至关重要。但即使没有这样的天赋，也可以通过学习来获得这种能力，通常如此。我们都知道，抽象表达往往不如具体表达那样有效果。如“她很忧虑”就不如“她把脸转向了一边”在表达上更形象。

没有什么比创意写作教师的惯用语“写你所知道的”更可笑。但不管你写的是人还是恶龙，你对这个世界——人物的自我呈现——的个人观察都可以将一个死板的场景转变成一个有活力的场景。初步的好建议可能是这样的：写作时把自己当作是摄像机，去捕捉真正发生的画面。所有人都能精准地看到，但他们没必要记录下来。当夫妻俩吵架时，他们不假思索就能恰到好处地点到为止，他们找出对方的弱点，但不用多想就知道该何时适可而止。这种潜意识非常厉害。这样的才华作家身上有，当然渔夫和登山者身上也有。诀窍就在于要把这种才华挖掘出来、记录下来。精确记录就是所谓的“作家的眼光精准”。将作家真正在意的东西记录下来，记录作家本人关注的事物，而非任何一个傻瓜都能注意到的事物，这就是所谓的“作家见解独到”。每个人都有独到的见解，但是大多数人写下来的东西都已经大打折扣或被篡改。大部分人不具备海明威所谓的“内置的抗冲击探测器”。但如果一个作家在开始时准确地写下自己的所观所感，并且经过数遍精心修改，直到自己完全满意，然而结果却发现自己的文章只是堆砌了一些华丽并且矫饰的辞藻，发现自己所言既不出色也不感人，相反却很愚蠢可笑——只要这个世界公正无私，这样作家将比直布罗陀海峡存在的时间更长久。

至于小说家的特殊智力，你要问问自己是否具备这种能力。如果不具备，那么知道这种能力指的是什么会有助于你培养这种能力。如果你不喜欢小说家的特殊智力，那么就不要成为小说家——除非，不管我说过什么，你真的想成为小说家。

现在来说说走火入魔般的强迫症。若是你还没有，可还是能写出优秀的小说，我会第一个说：“向你致敬！”我如此强调强制性的重要性，是因为我不会让任何人手无寸铁地走进小说家的竞技场。在一项无法用实践证明的活动中，可以用许多方法取得成功。成千上万的美国人在溪边捉鱼，小说家的工作与业余的捉鱼者相比，看起来也不会更加无用，并且我想，大部分的捉鱼者没有到走火入魔的程度。

对于一个想知道自己是否具备成为作家潜质的年轻作者，只需要问自己这样一个问题：写小说是你想做的事情吗？是真的想做吗？

如果那位年轻作者回答说：“是的”，那么我们只能说：“去做吧。”实际上，无论如何他都会这么做。

第二章 作家的培训与教育

年轻作家们经常会问这样一个问题，就是他们是否应该去大学或者研究生院学习创意写作和文学课程。如果他们的意思仅仅是指这些课程是否有助于自己成为更好的作家的话，一般来说，答案是肯定的。而如果他们是想询问这些课程的学习是否可以改善自己的生活，譬如在获得硕士学位之后在大学里谋得一份教授写作的差事的话，我只能说可能性是有的。现有的写作课教师已然供大于求，尽管名校的文凭能够助你一臂之力，但是能够给用人单位留下深刻印象的往往不是你的文凭，而是你已经出版的作品。

对学生们而言，他们往往会从较为实用的角度来审视自己所接受的大学以及研究生阶段的教育，例如，这样的教育是否有助于找工作。类似想法在其他很多领域都是无可厚非的，然而在艺术界却行不通。英国乃至整个欧洲的作家们都能够从政府那里得到很大支持，然而在美国，尽管各级政府部门在对艺术创作表示支持方面佯作姿态（国家艺术基金的总额，我估计，大概也仅够购买一艘护卫舰而已），然而现实似乎很明朗，没有人知道到底该拿艺术家们怎么办。以前，当艺术家的创作是教会或赞助人支持的时候，问题便很好处理。然而，现在却与以往不同。当下，在各个艺术领域（音乐、视觉艺术和文学），那些真心而又严肃地进行创作的艺术家们形成了一种另类文化，他们似乎自成一派，迥异于上至神学下至专业色情文学等任何其他群体。他们牺牲周围人用来看电视的快乐时光来追求一种不被社会推崇的理想。如果幸运的话，他们也许能够改变世人的眼光，从而成为文化英雄，然而他们为此付出的代价也是惨重的。无论是在获得资助还是在市场营销方面，小说家较之其他艺术家都可能拥有更好的机会，尤其是和那些非供大众消遣的演员、诗人和作曲家相比，他们肯定会有更好的际遇。尽管如此，也少有小说家能够依靠自己的创作谋生。学习创作犹如研修古典钢琴，只能提高个人气质而不具有任何实用价值。如果一个人出身高贵，那么他的艺术家之路便会走得较为轻松；否则，他将会因为他的艺术创作而做出牺牲。有关这一点，后文再叙。

我们先来探讨一下参加创意写作项目或是在大学里专修文学的好处以及潜在的不利。

大多数的作家研修班都难免存在不足之处，这是事实，然而相对较好的作家研修班也能够让人受益匪浅。一方面，即使没有很好的教师指导，研修班也让很多年轻作家们聚在了一起，通过这个平台他们能够彼此帮助；另一方面，与一群和自己情况相似并严肃对待写作的人待在一起，年轻作家会觉得自己并不那么怪异。然而如果他的周围是一群看了别人的作品便评头论足的人的话，他的学习写作之路便会更加漫长。需要着重强调的是，经历了起步阶段之后，作家不仅需要社会支持，还需要心理慰藉。

踏上写作之路伊始，作家们会如年轻的赌徒或双簧管演奏者一样，感受到成就感所带给他们的兴奋之情：有赢有输，赌徒在赌桌上看到了辉煌的“钱”程；而年轻的双簧管演奏者在演奏出几段像样的音乐后，也会体会到类似的无以言表的激动，这些曲谱仿佛潜藏着能够使人满足并且表达自我的无限可能。不管是赌徒也好，双簧管演奏者也罢，假如他只是以这样的方式来消遣的话，没有什么不可以。然而，如果有一天，当他下定决心想要以此为职业的话，他会猛然意识到自己学识的浅薄，现实中还有许多他需要学习的东西。

年轻人刚刚大学毕业，离开那个自己曾经被公认为是培养写作好手的校园。假如他去了艾奥瓦的作家研修班，或者斯坦福、哥伦比亚，抑或是宾汉姆顿等学府继续深造，他会发现几乎身边的每一位同学都是各自学校的佼佼者，他会发现那些享有盛名的老师们在看了他的习作之后根本无动于衷，这位年轻的作家便会瞬间感到惶恐。他也会很困惑，为什么大学时代的老师们要误导他呢？我个人也不太确定为什么高标准的好老师们会夸大学生们在大学期间的成就。也许是因为在专业的、全国知名的作家研修班之外，人们很少能够遇到真正有潜力的年轻作家；也有可能是因为老师们认为：鼓励和赞扬较之对其写作技巧的大力批判更有益于处于事业初期的作家们的发展。

无论怎样，作家需要去适应现实（或者也可以选择放弃）。他必须接受自己并不如老师和同学们所想象的那样优秀这一事实。他也会意识到自己所期待的成功需要勤奋努力才能实现。在感觉前景一片黯淡的情况下，作家最需要的是一个与自己志同道合的团体，不论对错，他们都会相信，当一名好的作家比成为一位经理、政客或者是科学家好得多。毕竟才华横溢的作家们都是聪明人，他们原本都可以胜任这些职位的，而只是出于个人偏好他们做出了自己的选择。或者从某些方面来说，较之作家这份职业，他们做其他的工作可能会更加轻而易举。正是写作团体的存在，才让那些真正有潜力在写作方面有所成就的年轻作家们没有转身投向那些更为大众所接受的行业。

毫无疑问，事实往往是写作团体用自己的愚蠢拯救了作家的命运。写作团体中有一部分人确实是傻子：无知且又毫无写作经验，但却无比崇尚写作，以及那些思虑再三后，仍然笃信写作才是人类唯一能做的有意义的事情的疯子。写作团体中也不乏为写作而生的作家们：虽然这些人也推崇人类的其他社会活动，但他们却没有丝毫意愿去从事和写作无关的事情。（当人们询问弗兰纳里·奥康纳为何写小说的时候，她回答："因为我擅长于此。"）每个写作团体中都不乏这样的成员，他们投身其中的原因只是因为个人的附庸风雅而已：写作，或者只是置身于作家们周围，这让他们充满了优越感；而还有一些人则是因为自己想象作家是一份极具浪漫色彩的职业而加入写作团体的，尽管他们自身并没有多少写作天赋。无论出于何种原因，形形色色的人聚在一起，组成了一个帮助年轻作家们忘却自身烦恼的团体。不管写作老师的水平如何，年轻作家大可依靠和团体成员之间的紧密联系而获得帮助，更别说会有三两个药剂师乐于参加读书活动呢！年轻作家写完一部作品之后，却对自己的创作没有什么把握，不过和他一样在乎写作的人却能够给予他赞扬或是富有建设性也有可能是毁灭性的批评。

当然，几乎所有的领域都是如此。年轻的生意人不太可能坚持做一位商人，如果他周围的人看到的都是商界阴险狡诈的话。我们是具有社会性的动物。尽管生养在共和党家庭中，但是如果周遭的人所知晓并尊重的是民主党派人士，那么也少有人能够坚持成为共和党人。我曾经说过，固执对于作家们来说是很重要的。然而，它的作用也就大抵如此了。如果你生长在幸福的家庭里，却搬到了一个住满了具有悲观情绪的邻居的社区，譬如，你在位于印第安纳州的一个富有且祥和的农场长大，之后离开家乡到了纽约，尽管你可以固执地坚持原有的生活方式，然而那只是因为在你的回忆中有那么一个真实的存在，让你能够为之坚持（情况如果反过来也是如此。如果你在曼哈顿出生并长大，想要转而持有俄亥俄州乡村地区不太那么愤世嫉俗的处世态度也并非易事）。我并非有意把复杂的问题简单化。也许你天生便是一个悲观主义者，尽管你处在印第安纳州的一个幸福家庭中，然而在与自身个性完全背离的环境中，也就是说，你周围的人全都是乐观向上的，你也根本不可能拿自己的悲观厌世来造次，否则，你的生活将只会是怪异而又悲惨的。

因此，作家研修班的首要价值便是：它能够让年轻的作家非但不会觉得自己是异类，反而会感觉自己是一位道德高尚的人。在作家社团里，几乎所有的谈话都是围绕着写作展开的。即使你自己并不认同其中的大多数言论，然而你却丝毫不怀疑这些言论的重要性。即使是身处一个普通的作家团体，谈论写作也是令人兴奋的。这样的讨论会让你忘记依据个人的标准来衡量自己在创作方面还不是那么擅长的事实，不管你所谓的个人标准是什么样的。它会让你血脉贲张，想要即刻离开宴会，回到家中提笔创作。当然，要想成为作家，动手进行创作比其他任何事情都重要。

另一方面，拒绝参加作家研修班（或固有的作家团体）学习的人也有可能会遭遇麻烦。有人也许是被杰克·伦敦的传奇故事给愚弄了，因此他认为，要想成为一位作家，最好的途径便是当一名水手或是伐木工人。然而杰克·伦敦所生活的年代与现在这个时代大有不同，当时的作家多是民间英雄，并且在那个时代，写作技巧并不如当代这么重要。尽管他境遇凄惨但道德高尚，然而他却终究算不上一位好作家。如果他当时能师从一些好的老师该多好呀！海明威曾经说过："成为作家的最佳办法便是放手进行创作。"然而他自己却没有这样做。他去巴黎，当时大多数的伟大作家都聚集于此。在那里，他师从当时最伟大的理论家和最睿智的作家格特鲁德·斯泰因。虽然我们往往会认为约瑟夫·康拉德是一位独居一隅的天才，然而他却也和福特·马多克斯·福特、赫伯特·乔治·威尔斯、亨利·詹姆士、斯蒂芬·克莱恩以及其他很多人保持了密切的关系。赫尔曼·梅尔维尔与霍桑交往甚密，此外他还有自己的交际圈。伟大的作家们几乎都和文学权威圈有着不可分割的联系。我们很难找到一个例外（不可思议吧！甚至是马尔科姆·劳瑞也曾经是某个团体的一员）。因此，从心理抚慰的角度来说，即使是身处一个不怎么样的作家研修班也要强过个人孤军奋战。

如果一个不怎么样的作家研修班都值得参与，那么好的研修班则更是如此。如果可以的话，我会很乐意告诉你好的研修班应该是什么样子的。历史最为悠久且享有盛名的艾奥瓦作家研修班，总能吸引来好的学生，甚至有时也会有不错的师资。宾汉姆顿的小说创作研修班不错，这也是我为什么在那里执教的原因。在前面我也曾提到过另外一些我认为比较可靠的研修班，如哥伦比亚和斯坦福大学所开办的研修班，当然这个名单还可以更长，然而我却不能够给出肯定的建议。一方面，研修班的情况每年都有变化，有经验的教师流动性很大；另一方面，研修班对于一个作家来说可能是机遇，然而对于另外一个作家的创作之路则完全可能是毁灭性的。我个人对所谓的实验性写作并不太感兴趣，尽管有时我也会采取这种方式进行创作，偶尔也会因威廉·加斯或马克斯·爱普尔的小说作品而感动或欣喜。威廉·加斯通常不教授写作，而在莱斯大学你却可以师从马克斯·爱普尔。当我发现我教授写作的某个班级中的一位学生对我个人偏爱的有点传统风格的小说没有丝毫兴趣的时候，我意识到不管是身为学生的他还是身为教师的我都有了麻烦。不管我想要帮助他的意愿多么强烈，我却不适合给予他帮助。然而，约翰·巴斯却能够深刻影响这位年轻的现实主义作家，因为他本人在约翰·霍普金斯大学领导着一个有趣的与他个人志趣相投的作家团队，他们都喜欢新式且奇特的创作风格。当然所有这些都是建议：学生应该根据教师的情况来选择自己的写作研修项目，要找到和他的个人兴趣最为接近的指导老师。

作家研修班是否能够让人受益还取决于另外一个方面，也就是说，这个团体里至少应该有一两位才华横溢的学生（同时还应该有五六位可靠且通情达理的成员，以及一些或者矫揉造作或者不厌其烦地秉承传统的人）。即使在最好的写作研修班里，从同学那里学到的有可能要多于从老师那里习得的。被人们认为优于大多数的研修班能够吸引到好学生的加入。此外，因为他们现在正处于学习实践阶段，所以我们可以依赖他们对个人作品进行严苛的审查，他们也会给予鼓励或是提出有意义的批评。享有盛名的研修班的老师对学生来说可能并没有多大帮助。这些研修班往往会聘用有名的作家，然而并非所有有名气的作家都会成为好教师。此外，有名的作家们通常主要关注自己的创作。无论他对学生们到多么关心，他们却总是在教授一种需要花费很长时间才能掌握的写作模式。通常他们只关注研修班里较为优秀的学生，而对其他人则不那么上心。毫无疑问，我相信好的教师对年轻作家们来说是有帮助的。然而实际上，学生们往往碰到的却是一些把教授写作当成副业而并不为之付出应有的努力的好作家，或者便是本身并不是优秀作家却尽职尽责的好教师。因此，受水平所限他们所教授的部分内容会有失偏颇。当然还有一些根本不会教授写作的优秀作家。

不管他们的教书质量如何，有名气的作家对写作项目还是做出了很大贡献。也许有名气作家的到来以及他们的模范作用便是最主要的价值。每天耳濡目染，年轻的作家们了解了名人究竟怎么读书，读什么样的书，如何观察周围世界，如何和他人相处以及如何创作好的作品，甚至于他又是怎么安排自己的生活，等等。有名气的作家们的到场本身就是活生生的证明，年轻作家会因此觉得自己的目标并不一定就那么不现实。如果学生足够幸运的话，他的名人老师也许还能扮演好教师的角色：他不仅知道何谓真正的艺术，而且能够说出所以然来。

我不得不说，在我曾经拜访或是执教过的一些写作培训项目中，我确实发现有些优秀的教师本人根本就不是创意作家。真的，也许他们曾经发表过一两个故事，也许他们在多年前曾经出版过一部小说或几部平庸之作。有些人虽然找不出自己作品中的弊病，但却能够看出学生作品中的错误；而另外一些作家虽然有很好的想法，却囿于个性，终究写不出与他们个人水平相称的作品。在有些时候，优秀的写作教师往往是评论家而不是写作能手；有时优秀的教师还有可能并没有取得任何文学方面的文凭，例如，一位教授大一新生的教师准备讲授一门基础水平的创意写作课程，结果却证明他在这方面确实有天赋。如何寻觅这样的教师，恐怕只有靠运气或是小道消息才行。处于起步阶段的人也可以就自己应该去哪里继续深造的问题询问自己敬佩的作家，或者也可以怀着殷切希望直接去一所享有盛名的好学校。令人欣慰的是，在任何一所不错的大学，我们都能找到对我们有所帮助的人。

创意写作课程与众不同的特点之一便是：对于如何教授创意写作，并没有标准的理论。很多人——甚至一些教授创意写作的教师们——都有这样的疑问“写作真的能够被教授吗?”没有人对于绘画和作曲提出过类似疑问。写作被贴上了“天才”或“灵感”的标签，以至于人们往往会怀疑这种艺术真的能够像其他艺术形式一样，通过教授的方式得到传承。这样的想法从一定程度上来说无可厚非，小说写作技巧确实不像绘画和音乐类技巧那般具体和可操作。但是人们对于写作的可教授性的怀疑，在我看来，还具有一部分历史原因。很久以前，绘画和音乐的流派便开始直接服务于宗教和政治，然而诗歌和小说创作流派却没有发挥过类似作用。教会和佛罗伦萨市政府亟须乔托的绘画技巧，乔托便传授了他的绘画方法；而和乔托几乎同时期的诗人但丁和作家薄伽丘则分别在从事政治和文学讲授工作。不管怎样，在过去的二三十年间，随着创意写作项目在美国日益风生水起，人们逐渐形成了一套讲授写作艺术的教学方法，并且讲授水平也呈逐年提高的趋势。有些人对这种变化持强烈反对的态度，他们声称该教学方法是造成小说和诗歌创作中无趣的、相似性的主因。当然，这样的说法并非空穴来风。然而，在我看来，至少在技术层面上，文学创作从来没有像现在这样繁荣过。事实也许是这样的：在每个时期，拥有写作才华的作家的数量是一定的，教授一位作家如何不犯错，教授他如何避免会阻碍其实现作家梦想的任何形式的语意模糊和措辞不得体，并不能让他成为一个超越自我能力的更为有趣、更具有独创精神的人。也许对于好的创意写作研修班里的学生来说，他们最需要引以为戒的是，好的写作技巧有可能会削弱个人的独创性及其勇于冒险的精神。

拙劣的创意写作研修班通常具有以下一个或多个共同点。如果学生在他所选择的研修班中发现下列几点，他便应该选择退出该班。

在较差的研修班里，老师们会允许甚至鼓励攻击行为。通常在作家研修班里，学生会朗读一篇故事（大多是该学生提前和老师一起认真讨论过的），然后期待同学给予评论。在好的研修班里，老师会努力营造一个互助的而不是相互竞争甚至恶意中伤的良好氛围。在运作良好的研修班里，当对已经朗读过的作品进行评价时，同学们不能一开口便说如果该故事由自己来写的话会怎样怎样；或是对作品内容是否得体进行盲目评价。也就是说，他们不能在开始评论之际便想创造一个完全不同的故事或者使用完全迥异的一种风格。他们需要努力去理解并鉴赏他人完成的作品。尽管内心有所怀疑，他们仍然要假定该故事经过了作者仔细而又巧妙的构思。此外，其怪异之处也应该会有合理的解释。如果他们并不能够理解该故事的话，他们可以提问。水平较差的老师大都会让学生养成这样的坏习惯：当故事中有他们不能够理解的内容的话，他们便会很快认定其没有任何意义。人只有在自信并且心怀善意的情况下才会说："我不理解这部分还有那部分内容。"而不会轻易挑衅道："这部分和那部分内容毫无意义。"只有愚钝之人才会掩盖自己的困惑并且攻击超出了自己理解能力的东西。明智之人总会承认自己的困惑（天堂里并不会对虚假的完美封功授爵），当存有问题的材料被阐释过之后，他们要么自嘲，要么便会解释自己刚才之所以没有理解的原因，这样的做法能够让作者了解他的原意为什么没有被读者理解。

换句话说，好的研修班的评论与其他任何好的评论无异。当我们阅读一部被大家所公认的伟大艺术作品时，在理智的驱使下，我们会努力去理解为什么拥有才智的人们，包括作者在内，都会认可这部作品的美学价值。在好的研修班里，即使有人一开始便认为一部作品不怎么好，他也会考虑到毕竟作者花费了大量的时间来构思和撰写这部作品，他不应太过苛刻。事实上，人们在研修班里听到的某些作品确实质量欠佳，其中所讲的故事无病呻吟、语意模糊、用词矫作、考虑不周、细节烦琐、多愁善感且无趣低俗。在我个人看来，不好的作品在研修班里根本不应该被拿出来宣读，因为它对于教授或强化学生的批判技能毫无意义，这样的做法只会让作者本人陷入尴尬。如果质量欠佳的作品确实在研修班被诵读的话，我们应该快速且礼貌地对其进行简评，对于其中存在的错误进行清晰讲解。这样，不管是作者本人还是研修班里的其他人都不会再犯类似的错误，该部作品的价值也能得到大家的认可。不过对于在研修班里所诵读的大多数作品来说，其错误并不那么显而易见。教师和同学们的任务便是找出（如果有必要也可以询问）该作品的目的和意义，然后再仔细审慎地就作品的目的和意义没有能够适当传达提出建议。

作家并不能在嘲讽中成长。如果研修班里的学生能够在倾听别人写的故事时，认真记下其中存在的明显错误或作品的弱点，在故事读完之后告诉作者本人，这样的做法才会对学生们有所帮助，不过这也只有班里的同学都能意识到任何人都有可能犯类似的错误的情况下才能真正有助于大家能力的提高。如果大多数情况下研修班里的氛围是对彼此的作品进行攻击，而教师也允许大家这样做的话，在该研修班学习是达不到预期目标的。对于班级范围内所开展的作品批判，其唯一且最终的价值便是教授每一位学生学会批判并评价个人的作品，此外还能够欣赏不同于自己创作的其他优秀作品。通常情况下，研修班里的批评能够帮助作者认识到自己作品的某个地方存在语意偏差或者是没有能够激活某个场景中的一个重要元素——这类错误作者本人一般很难发现，原因在于他内心清楚自己的本意，便会认为自己所写的句子有更为丰富的内涵。譬如说，他也许会想象自己作品中的女主人公大衣的凸起很明显地暗示她携带了枪支，然而对于那些不了解作者心理表征的读者来说，他则可能会认为这位女士怀孕了。在意识到自己的错误所带来的影响之后，作家们则会更为谨慎，对于一些有歧义语句的使用也会更加小心翼翼。当然，研修班范围内的批评也能够帮助作者认识到个人潜意识里存在的偏见，比如，他会认为所有的胖子都很好相处，或者所有的原教旨主义者都很残忍，抑或是所有的同性恋者都会想方设法地引诱男孩子。从研修班这样较大范围内得到的意见可以给作家的作品一个能够以正视听的机会，尤其在他的写作风格、目标以及态度都和授课教师大相径庭的情况下，来自于整个班级的关注大大提高了作者文中所犯错误和效果不佳的写作策略被发现的几率。在最好的情况下，班级批评能够让研修班里的所有成员都参与其中，只要大家的批评能够基本秉承不苛刻的原则就好。恶毒的批评不仅对被批评者的进步无益，对批评者本人也是如此。

在拙劣的写作研修班，教师会强制学生按照自己的要求进行创作。这种做法尽管看似自然，但却不可理喻。因为教师在经过多年的写作实践之后找到了适合自己的写作风格，并且一直拒绝尝试其他风格。如果教师不加以足够注意的话，他便有可能否定任何显然不同于自己创作的风格或是与其对立的写作风格，就像文风优雅的作品遇到粗糙通俗的散文时的情形。教师应该和戴夫·史密斯坚持一样的观点，他说："我的目的是帮助学生提前发现当他十年之后再回头看自己的作品时会令他们感到尴尬的地方。"换句话说，他并没有强加给学生一些严苛的个人标准，而是去帮助他们发现存在于学生所固有的标准中那些经受不住时间考验的内容。如果诗歌写作教师强迫一位具有轻快抑扬风格的抒情诗人成为一名措辞严肃的盎格鲁-撒克逊韵律的颂歌作家，而小说创作教师难以容忍学生创作自己不喜欢阅读的实验性写作作品——当教师有意或是无意地想要从根本上改变学生个性的时候，那么至少对于学生们来说，这位老师即使没有毁掉其前程，也是不称职的。

另外一类拙劣的研修班对于“究竟什么是优秀作品”缺乏一套标准。在前面我曾经提到过一套有关优秀小说作品的普遍标准——营造生动且具有延续性的场景、创作者慷慨大方、学识渊博以及情感丰富、用词优雅且精准并具独创性。其他写作教师可能有另外一套关于美学的标准——尽管我个人期待大多数教师都能够认可这套标准的有效性。如果教师没有制定一套基本标准，那么学生们则不大可能自己创造出一套标准，在这种情况下，他们所做出的评论则只能反映出个人的喜好和意见。作家们缺乏需要为之努力的标准，也不清楚自己在写作实践中需要避免犯哪些错误，因为没有任何具体的标准他们可以借鉴以进行作品评价。我曾经说过，过度的生搬硬套会毁掉一部作品。然而即使是一套生搬硬套的标准，只要内容清晰且多少具有一定的有效性，都能够给予学生一些能去挑战的目标。个人风格是在不断地进行抵触和模仿的过程中形成的。如果一位老师拒绝设定优秀作品所具有的标准，学生们则很有可能会像不懂文学鉴赏的人一样认为：所有文学上的成功都源于运气和读者的心血来潮。在这样的班级里，假设一位学生以渔夫和海豚为素材创作了一篇优秀故事，那么他便很有可能遭到班上某个不喜欢任何海上故事的同学的批评。这并不意味着我们要秉承不变的标准，不能根据新的成功案例对其进行修改。在我提出自己的有关优秀作品的原则时，我便已然想到了某个聪明的学生会有意识且以巧妙的方式挑战它。在这种情况下，作为一位严肃教学的教师，我必须在没有任何指导原则的情况下——只是根据自己的真实想法和情感，别无其他，来决定这样的故事创作是否行得通，是否能够引起我的兴趣并且打动我。如果研修班的教师缺乏基础理论，并且没有认真制定出来的审美价值标准的话，他则很有可能只是泛泛之辈，当然他的研修班也难逃此厄运。毕竟，没有任何东西能够替代对于文学作品的批判性考量——这样说并不意味着文学作品便是生活哲理。

有经验的教师肯定不会低估从学生的角度去理解其作品的难度。因为我大多教授水平相对较高的课程，主要教授研究生，因此我曾经多次遇到过这样的情况：一些在我看来较为拙劣的学生作品，日后却被我所尊重的同样身为教师的作家们筛选出来大加赞扬，有的甚至得以出版。最近我拿到一篇故事（这是一份作品样本，基于对该作品的评价，我将决定是否将这位学生纳入我所教授的班级），该故事得到了早期阶段的两位写作教师的肯定，而这两位教师都是具有一定成就的作家并在教授写作方面享有良好口碑。我确实最终招收了那位学生，因为其作品中所蕴含的能量和作品的生动性是不可否认的。然而我却认为这部作品非常糟糕。这篇故事由一位疯子用第一人称进行讲述，全文充满暴力和污秽之语，满腔怨恨且愤世嫉俗，最后故事又回到了其开始的那个地方，无果而终。该部作品除了生动形象和有趣（某种令人恶心且不适），没有任何我所信仰的艺术价值。不过他的措辞确实是经过审慎考虑的。当我有所保留地告诉这位学生我对该作品的看法时，他叹了口气，之后便承认了其实他自己也不喜欢这个故事。他提到故事中的某些动词强度不够，但是当他努力去用一些更为生动的词语去替换时，却觉得这些词又有点喧宾夺主了。从这一点来说，我不得不承认自己考虑欠周到。这位学生确实极具天赋，他完全了解自己的行为并且真诚地想要寻求教师的帮助，而这位教师的标准则可以像皮纳克尔纸牌规则或角斗士的誓言一样被应用到他的写作项目中。

人们可能会忽略审美标准在多大程度上反映了一个人的性格特点，它如一套防御盔甲，又似个人对世界所怀有的美好期望。如果审美存在客观法则的话，它们则不大可能适合所有情景，并且这些法则都不应该具有目的性。有人也许会如我般争辩，从描述性角度来说，能够得以流传的作品大都具有高尚的道德标准。这样的作品中只有微乎其微的愤世嫉俗的情节，因此较之与生活相对立的故事，它们往往更容易得到大家的肯定。人们也可以据此认为，臆造自己并没有感受到的悲观情绪或虚无主义的做法一般来说是不明智的。不过人们却不能因此坚决主张作家的主要目的是为了创作有关道德标准的文学作品，或其他的类型；作家甚至也不能说他的目的应该是创造一些美好、令人愉悦、诚实可信或总体来说有趣的作品。某个特定的作家可能期待能够为自己的学生设定类似标准，然而只要他想要当好一位教师，他就必须为那些聪明且叛逆的学生们留下创作空间。

拙劣的研修班里的教师不给学生留下思辨性想象空间。对于研修班来说，下列类似情况比较危险：授课教师不仅是一位才华横溢的作家，而且还是一位经验丰富且能言善辩的教师；他不仅能够找出并解决故事在讲述或是风格呈现方面存在的问题，而且能够就自己的大脑运作过程对学生进行清晰的讲解。他讲授过程中的能言善辩当然也暗示了良好的师生关系——教师并不只是对学生的作品偶尔进行简单评价，而且还一丝不苟地从头至尾将其作品看完，不会错过其中的任何优缺点。那么，教师的帮助和关心怎么会阻碍学生的进步呢？将对学生作品进行评价和修正的方法展示给他们又是通过什么样的方式将学生演变成了教师的克隆体的呢？无论教师还是学生都应该对此保持警惕。

在我看来，最好的写作教师不仅和研修班这个集体时常见面，而且还能够像小提琴指导教师一样和每位学生进行每周半小时或者一小时的单独交流。不是基于个人的喜好，而是根据学生作品中内在的逻辑关系，教师对学生的作品进行仔细分析并且告知他其中的对错和需要改进的地方。这样的做法不涉及个人观点或情感。在任何真实的故事中，有些内容需要以显著的方式呈现，有些则需要简单地一掠而过，而有的则需要暗含在其中。一般来说，规则大致如下：关乎事件发展的任何内容都应该被显著呈现。譬如，在有关一个人要打他的狗的故事中，如果作者单单告诉我们这个人有暴力倾向并且这只狗将其惹怒了，这些信息是不充分的：我们必须知晓这个人为什么会有暴力倾向，且其暴力倾向又是怎么表现的，我们还需要亲眼看到狗到底怎么惹怒了他。年轻作家有时很难决定到底哪些内容需要显著地表达，并且以哪种方式将其显著呈现。因此问题便出现了。

没有什么比为学生构思具体情节，甚至帮助他们遣词造句更为简单的方法来帮助他们解决故事创作中存在的问题了。也许对于年轻作家的发展来说，在特定情况下这样的做法可能具有价值，他们会因此完全掌握处理类似问题的窍门。但是从根本上来说，教师应该教授学生如何找出故事中存在的问题并换一种方法对其进行修正，而不是帮助他们修复某个故事。在每年的长面包作家研讨会上，我总是和几位写作助理共事，他们大都出版了自己的首部小说且有了一定的名气。然而由于缺乏作为教师的经验，他们往往会努力为自己所负责的学生作品中存在的问题寻找最佳的解决方案，经验的欠缺也会让他们手把手地教授给学生让他们的作品能够说得通的方法。然而毫无例外，每次当我日后再来阅读学生的作品时，我发现其实这些问题的解决有多种方法，而方法的选择则必须基于学生个人的喜好，这里只是建议他自己选择解决方案，我的助理在无意识的情况下对学生造成了伤害。起步阶段的作家需要学习如何像一位真正的小说家一样思考。他需要老师为自己的问题找到一条解决之道，就像代数老师只告诉你题目的答案而没有告知解答的过程一样。年轻作家需要学习的正是求解的过程：和代数类问题不同，小说创作中存在的问题往往有多种解决的方法。有些时候——有人会说越快越好，老师的任务只是告知学生“还不够好”，之后便消失得无影无踪。

最后，一个拙劣的写作研修班事实上是一个名副其实的“写作作坊”。在这样的研修班里，人们往往强调主题和故事设计，而不注重情感的挖掘和掌握真实叙事的方法。因为要同时应对人数众多的年轻作家，或者是因为自己本身欠缺讲授天赋，教师有可能会转而选择简化自己的工作：将学生们的原创思想强行包装成优秀编辑一眼便能看出来的作坊模式。诗歌创作大概最能清晰地描述这种错误的做法：写作教师没有帮助学生诗人厘清个人作品的自然发展脉络，而是将精力放在诗歌设计的愚蠢习惯上，譬如“重现”的概念，诗歌的结尾处应该像音乐喜剧一样在最后一幕重现其主要思想和人物。在文学作品的创作中也有可能存在类似错误。一定要警惕那些高喊着“重现!”口号的写作教师！当读者遇到一个重现形式的结尾时，如果他不特别擅长诗歌或文学作品赏析的话，他很有可能会兴奋开心地认可这样的做法。然而随着个人经验的增加，他会越来越讨厌这种愚蠢做法的。

一个故事之所以会具有“作坊”的特征，也有可能会是因为作家（或教师）经常从文学专业学生的角度出发去思考问题，而没有立足于一位作家的角度。因此，学生作家没有能够像讲述故事的人一样，开篇讲述发生了怎样的故事以及故事发生的原因，然而随着故事的逐渐发展（如果没有真的写出来，也应该在自己的构思过程中）演变成更为重大的事件（这个故事为什么与每个人都会相关，如何表达一个持续或广为存在的主题）；学生作家们会首先思考故事的主题和象征意义等，而这样的做法事实上是在对一个他臆想出来却尚不存在的故事进行新批判主义式的批评，该写作方式颠倒了创作的过程。写作研修班里确实存在这样的趋势。对于在班级内展开的有关故事的讨论，大多数的出发点都犯了类似的错误：人们没有率先讨论优秀作品的特点（诙谐有趣、故事独特、风格清晰、情节有条理且构思巧妙、人物场景生动形象并且很好地运用了某种特定体裁），而是讨论那些对于文学课堂来说才称之为教学中心的内容（主题和象征意义）。当然，对于已然存在的故事来说，这些不那么直接的内容可能是合适的讨论出发点。事实上，一流教师的特征之一便是，他能够快速地将讨论话题转移至对手头故事来说最为重要的评价基础上来。

研修班之所以成为“流水作坊”还存在另外一个原因：教师们经常会无意识地过度赞扬自己擅长教授的某种叙事写作方法，而贬低甚至完全忽视自己不擅长的其他方法。这样的做法往往会让具有象征或讽喻风格的故事较之直白却构思精巧的现实故事更具有优势，几乎所有的短篇故事都比正在创作中的杂乱无序的散文更让人青睐。对于教师来说，一篇写得不错的讽喻故事让人欣喜，如果师生们乐意，他们可以花上数小时来破解其中的奥秘。在我本学期教授的文学作品研修班中，我偶然看了一篇题名为“杰森”的故事，而我则希望能够于近期在我担任编辑的 *MSS* 杂志上将其发表。故事一开始，名字叫杰森的小男孩丢失了一只鞋子；故事临近尾声时，我们跟随作者来到了位于佛蒙特州的一家宏伟而又古老的酒店，酒店为高层建筑，呈环形，而它的走廊则如盘踞的蛇般环环相叠（这个描述在原文中有更好的表达）。作者极其巧妙地为我们讲述了整个故事，其中还包含了很多细节的描述。研究生班里博览群书的同学中只有一位意识到作者使用了杰森和米迪亚的神话。当这个秘密被揭开之后，同学们开始一个接一个地找出文中的影射。之后，班里的同学们，用几乎和作者一样的敏锐观察力，仔细思考了故事中的结构主义（或修正主义）技巧。我想，所有上过那节课或是读过那篇故事的人都不会否认这一事实，那篇故事确实有趣并且能够给人留下深刻印象，就连列夫·托尔斯泰的长篇小说《安娜·卡列尼娜》的第一章恐怕也没有引起过如此热烈的讨论吧！

使用象征或讽喻手法创作的短篇小说与结构巧妙的长篇小说是无法类比的，正如角斗场上的最轻量级选手和技艺精湛的重量级选手之间的悬殊差距一般（毫无疑问，它们各自拥有自己的一席之地）。然而，在写作研修班里，长篇小说的前景并不那么乐观。基于较为实用的原因（事实上年轻作者大都先拿短篇小说来练手），大多数的创意写作研修班都围绕短篇小说的创作来开展课程。对于年轻的小说家来说，这样的做法可能会有点麻烦。他的才华可能会被人忽视，他所使用的马拉松选手式的行文节奏可能不如短篇小说作家所采用的短跑选手冲刺节奏那么饶有趣味，而研修班所重点关注的问题与长篇小说的关系可能不像短篇故事那般紧密。诗人和短篇故事作家必须像微型画大师一般小心翼翼地对待自己的创作。小说家却能够时不时地从作品中抽离，之后再为其抹上浓重的一笔。当然，他们的创作也不能随意。但是手法熟练的油画画家和日本微型画大师屏息进行创作，两者之间没有什么可比性。而有的时候，年轻的小说家会扭曲自己的创作，借以和班里的短篇故事作家相抗衡。他努力让每一章节的内容都饶有趣味，大量使用象征手法和散文行文风格，他的做法无疑打乱了自己作为小说家的行文节奏。

从理论上来讲，他应该参加小说写作研修班。年轻的小说家和年轻的短篇故事作家之间的差异如同后者与诗人之间的不同。年轻小说家所要努力解决的美学难题不同于短篇故事作家，小说家的整体风格和思维方式与短篇故事作家也是完全不同的（诚然，一些人既可以写出优秀的长篇小说，也能写出不错的短篇故事。我在此主要讲述的是两类作家的极端情况）。每隔两三年，我会开办一次小说创作研修班（而其他时候，我所执教的研修班均招收任何想来参加并且已经有了一定写作水平的人）。人们马上便会意识到：小说创作研修班可不是闹着玩的。我所教授的学生在课程开始之前如山中的野马般张狂，然而，当得知课程即将开始的消息之后，又如遇见蛇一般对其充满了恐惧。

我执教的上一期小说研修班里一共有十位学生。我要求他们先构思一个小说大纲，然后在课堂上一起探讨其内容。之后，每周他们都要写出一章新的故事并且要修订前一周所写的内容（借鉴我们共同讨论的意见）。我起初并不相信有人能够完全按照这个安排来进行学习。我之所以提出这样的要求，只是将其看作一个理想的工作目标。此外，我还向他们指出：如果他们的小说进展得越快，我便能够给他们讲授更多的有关情节节奏把控、整体结构架设等内容。除了一名学生之外，其他所有的学生都坚持按照教学安排完成了学习。而没有能够完成的学生是一位拥有一份全职工作的女士，她因繁重的工作病倒入院而没能按照要求开展研修班的学习。我对这些学生并没有比其他研修班的学生要求更为严格（事实上，我几乎不给他们什么压力。如果学生个人不喜欢写作的话，我也没有必要阅读他的作品）。然而这些小说家们却自己给自己施压，也许是小说家的个性使然。真正的年轻小说家具有驮马的体力、耐力以及专注力。参加了小说研修班的学生们放弃了那学期所要上的其他所有大学课程。迄今为止，那期有八位学生后来发表了自己的小说。

类似这样的学生如果身处诗人和短篇故事作家所徜徉的优雅惬意的环境中，就会感觉很不自在。在大多数的创意写作课堂上，潜质不错的年轻小说家们甚至看上去会略显木讷。我所教授过的最优秀的年轻小说家中的一位（现在他已成为一位成功的作家），在高中时学习成绩很差，在进入大学时（作为一名橄榄球运动员特长生）他的口头表达能力分数在那所大学垫底。此外他的语法也很糟糕，社会适应能力也低于预期。不过在我看来，他所代表的却恰恰是年轻小说家的形象，尽管有些年轻小说家机智诙谐、举止得体，而有些则娇小玲珑。

如果研修班几乎每一位同学都乐意去上这门课，如果写作或者谈论与写作相关的话题在这个学期越来越是件趣事，如果研修班里学生的写作技能越来越精湛的话，那么你该知道这确实是一个不错的写作研修班。言行卑劣是拙劣的写作学习班的主要特征。警惕那些嘲笑“小杂志”的人，声称正是这些小杂志推动并繁衍了平庸：你所面对的是一位势利小人。同样你也要提防偏爱小杂志而痛恨《时尚先生》、《纽约客》或《大西洋月刊》的人。你面前的这位则是经过了乔装打扮的势利小人。如果你觉得写作研修班里的学习生活很糟糕的话，你需要私下里和任课教师进行沟通。如果情况并没有好转的话，你应该选择退出这门课程。拙劣的写作研修班不仅不能教授给学生写作的技能，还会导致学习者完全放弃写作。

当然，一个人即使没有接受过大学教育，或者更确切地说，没有学习过任何与文学相关的课程，也完全有可能成为一名优秀的作家。不接受大学教育并不影响我们成长为善解人意且具有智慧的人。事实上，所谓的“普通人”也具有某些方面的优势，能够避免高等教育所强加于人身上微妙的社会隔离。尽管可以通过听教师讲授的方式得以提高，然而写作能力从很大程度上来说是一种天赋。即使没有能够上大学，我们也不应该放弃自己的作家之路。

另一方面，大学教育的优势也不会被轻易抹杀。没有接受过大学教育的作家也许能够成功地讲述发生在他周围人身上的故事，或许他也能够将这些人的渴望和痛苦用或幽默或感人至深或令人产生敬畏之情的方式写下来；如果他是一位靠读书、看电影以及认真倾听朋友和同事讲述故事而自学成才的作家，他也许能够成为一名细致入微且风格新颖的故事讲述者。但是他几乎肯定永远只会是水平一般的民间作家，而很难成为艺术名家。艺术名家的作品不仅因为其忠于生活现实让我们印象深刻，更因为他们在作品中所表现出的非凡智慧以及艺术价值。

我们很难解释受过良好教育的作家和具有同等聪明才智但没有接受过教育的作家之间的区别：前者能够从内心深处理解莎士比亚所著戏剧之美以及詹姆士·乔伊斯、安德烈·别雷和托马斯·曼的奇异才华；而后者只是对“现实世界”有所了解，最好的情况便是他们除了了解现实世界，还读过他们能在当地药店、读书俱乐部或附近的沃尔登书店购买到的畅销书。这些自学成才的作家们被禁锢在自己的时空里，他们不了解（并不真正地了解）荷马、拉辛或当代南美洲小说，他们不知道可以用很多种其他方式来讲述一个故事，从萨迦诗人朴实无华的故事叙述到中世纪玩世不恭的法国作家擅用的讽喻手法，印度和中国作家们以及当代非洲、波兰和美国社会先锋派作家们的写作手法。他像一位只是拥有几件简单而粗糙工具的木匠一般：一把锤子、一把刀子、一把电钻以及一把钳子而已。他对存在于其他时空的精制工具一无所知，这就导致了下面问题：当他询问自己能够用怎样的方式将一个已知的故事讲述出来的时候，他发现自己只有那么两三个答案。换一种方式来说，他的写作模式少之又少。也许他能够对自己所知晓的模式驾轻就熟，成为如同能够制造出做工精良的夏克椅的木匠一般的文学工匠。然而，如果他能了解其他的写作方法的话，他又会拥有多么辉煌的成就呢？对此，我们无从知晓。

作家在大学里究竟该学习什么内容一直没有定论。哲学类课程加上创意写作课程，能够帮他们厘清究竟哪些问题才是重要的，也就是说，哪些焦虑或不安对于作家的文学创作最为重要。其中的危险也是显而易见的。如同其他学科一样，哲学往往探究真理，主要讨论那些在常人看来显然愚蠢至极的问题。譬如，如果我们翻阅美学类核心期刊，我们很快便会发现：那些讨论艺术的大多数人似乎看上去从来都不曾知道艺术究竟是怎么一回事。通过使用一些严肃的专业术语和图表，专业的美学家们努力想要证明文学创作确实能够或者不能够激发读者的内心情感；或者他们会大肆展现个人学识，他们竭力向我们证明文学创作从现实意义上来说确实具有或缺乏意义。所有人的想法都有其无稽之谈的一面，然而，有关思想的专业解读则更是如此。尽管这样，哲学学习再加上某些心理课程的研修，能够让年轻作家们清楚地了解我们这个时代的困惑，我们这代人为什么拥有与其他时代的人们不一样的痛苦？也许普通的家庭主妇、政客、球员或者大多数学者都不曾读过尼采、维特根斯坦或者海德格尔，然而这些哲学家的思想却有助于我们厘清当代普通人所面对的问题。此外，对于特定类型的作家来说，哲学本身便很有趣。作家往往最擅长写自己最为关心的话题。对于那些较之其他（写作除外）来说更为关心哲学的作家，他们应该研修哲学课程。

而对于另外一类作家来说，最具价值的课程应该是自然科学。显而易见，对于兴趣主要集中在深奥的科幻小说的严肃作家来说尤其如是。尽管大多数科幻小说较为低劣，然而却还是有一些优秀作品的。我们肯定能够立刻想到这些科幻小说——雷·布拉德伯雷和库尔特·冯内古特的某些作品，还有当代的经典作品，如《美丽新世界》、

《1984》，更别说目标定位显然比较高层次的作品，像托马斯·品钦的《万有引力之虹》、威廉·巴勒斯《爆炸的票》以及美国以外重要作家的作品，诸如科博·亚伯、伊塔洛·卡尔维诺、雷蒙·格诺以及多丽丝·莱辛等。具有美学价值的科幻小说数量要比学术界一般认为的数量要多。我们从沃尔特·米勒所著的《莱博维兹的赞歌》中不仅能看到书中的聪明过人之处，同时也能体会到其中强烈的情感。还有塞缪尔·R·德莱尼的科幻小说，罗伯特·西尔弗伯格、罗杰·泽拉兹尼、艾萨克·阿西莫夫（在他与法西斯主义进行斗争时）和罗伯特·海因莱因等人的作品。我们在一些作品中能看到作者对文学价值的很好把握，如埃尔金斯·布德里斯的《圣米迦勒节》或者是罗伯特·威尔森的小说（如《薛定谔的猫》）比约翰·巴斯更像巴斯的文风，但是却没有以牺牲优秀文学作品的主要品质为代价，整个故事的讲述十分有趣。仍然健在的伟大作家史坦尼斯劳·莱姆①的主要创作方向也包括科幻小说。

我并不是说拥有科学知识背景便可以让作家从事科幻小说的创作。多位作家，如沃克·珀西和约翰·福尔斯，把自己的科学知识运用到了现实小说中，丰富了自己的艺术创作。当我们环顾四周，会发现科学和文学之间越来越多的融合——纳博科夫的昆虫学知识、厄普代克的天文学和植物学方面的象征主义手法以及菲利普·艾普曼的达尔文诗歌等。鉴于 20 世纪的科学——相对论、不确定性、熵和守恒已经越来越多地渗透到了我们生活的各个方面，当科技成为我们赖以

① 史坦尼斯劳·莱姆已于 2006 年去世。——译者注

生存的基础，不管我们是生活在摩天大楼里还是宇宙空间站，掌握一些有关的科学背景越来越成为我们从事写作的跳板。尽管科学知识并不能从文学技巧方面帮助作家改进自己的作品，但是诚如其他领域的知识一样，它能够为年轻的小说家提供他所感兴趣领域的重要素材。

我将不再继续讨论研修社会科学、历史、法律以及其他学科的优缺点。任何知识领域都有可能涌现优秀作家。每门艺术和科学都给了作家独特的观察世界的方式，让他们能够和有趣的人接触，并且能够为他们提供一条谋生之路——在进行创作的时候支持他。因为只有少数几位小说家，包括优秀作家在内，能够靠文学创作养家糊口，在经过一整天的体力劳动或承受了繁重的工作压力之后，我们很难坐下来进行创作。而年轻的小说家特别聪明，他们让自己在培训后从事一种相对较为闲适的工作，如果他们乐意便可以进行创作。一些小说家（如阿尔·勒波维茨）在业余时间从事法律事务，另外一些人（如弗莱德雷克·比克纳）则是牧师，还有些人（如沃克·珀西）是医生，还有很多人从事教师职业。当然，这在于：找到一份你自己喜欢且能够供养你从事写作的职业，并且这份工作不会占用你全部的时间。

也许对于年轻作家来说，主修文学并不是必须的，或者说，这样的做法根本不值得推荐。我们应该建议他在能力许可的范围内去学习尽可能多的文学课程。只有通过认真研究历史上的伟大文学作品（语种不限），作家才能清楚地了解人类的感情和智慧所能达到的高度。而只有学习这类文学作品才能帮助作家认识到以前在当代文学作品中从未领略过的写作技巧。非常优秀的年轻作家大都如此，通过大量地阅读好的写作模式，在老师的帮助下认真研究过去的文学作品等方式取得了成就。他们迟早也会学习到所谓的新批评主义技巧（在下列书籍中有所论述：克林斯·布鲁克斯和罗伯特·潘·沃伦共同编著的《理解小说》、贾维斯·瑟斯顿的《阅读当代短篇小说》、伦尼斯·邓洛普和约翰·加德纳合著的《小说的形式》，最近出版的著作主要有J. 皮克林编辑的《小说 100 条》（第 2 版）。这本书尽管没有强调认真分析，但也是为了能够让该书读者拥有细致阅读的能力）。学习如何读好一部文学作品有助于学生创作出更加复杂而且有趣的小说。年轻作家应该尽可能地选修一些有关最伟大的文学巨匠的课程，而对于那些能够自己轻松掌握的内容，他根本没必要去学习相关课程。根据这条原则，年轻作家应该避免去学习文献回顾类课程。

不管学生主修哪个专业，或者又选修了哪些课程，大学学习比其他任何事情在现阶段都更能够丰富或激励他的生活。在能力许可的范围内，年轻作家至少应该涉猎尽可能多的专业知识：外语、历史、哲学、心理学、一门或几门自然科学以及美术等。对这些领域的大致了解有助于学生的日后学习，不管是他个人还是他笔下的某个角色需要相关信息时，他都可以信手拈来。大学毕业之后，曾经涉猎甚广的年轻作家会发现自己有了一些其他兴趣，阅读有关不明飞行物、植物学和俄国革命的书籍，或者在宴会上与殡葬业者、歌舞者或驯狗师相谈甚欢。一知半解有时也能让我们看到一个全新的世界。大多数的作家，也许有人会承认，学业并不十分优异。他们把大部分的精力都放在了写作上，所以对其他课程都没有给予足够的重视。作家们不应该满足于此，最起码，他应该学习拼写。

第三章　作品出版和作家生存

一些写作教师声称：学生作者不应该考虑作品出版的问题，而应该一门心思地努力学习写作技巧。类似言论大概是依据这样的假设——如果学生的写作技巧娴熟，出版便是顺理成章的事情。该假设也许是对的，然而我却很是怀疑那些提出这样假设的人的居心。我猜想，教师之所以这样说的主要动机应该是不想让学生拿出版的话题来烦扰他罢了。不论怎样，我们都应该在拥有值得出版的作品之后才思考出版的问题，当然，一旦你拥有了这样的作品，出版便不会异常困难了。然而事实上，所有的年轻作者都怀着一颗想要出版作品的心，让他们“快点吃完盘里的菠菜”只是在回避真正的问题。

年轻作者们之所以想出版作品主要是因为他们缺乏自信。不管天赋如何，如果单单只有同学的称赞和老师给的高分而没有得到其他方式的肯定的话，他们都不可能长时间地坚持写作。优秀年轻作者的优点之一便在于，他希冀自己的作品能够被“真正”的读者喜欢，比如某位不认识他的编辑，或是艾奥瓦州劳斯特纳新小镇的某位读者。也许要求写作教师付出额外努力去帮助一位优秀学生出版自己的作品的做法不太合理，他的工作已经满负荷了——较之讲授其他文学类课程的教师们，他们按照要求上课，每学期只批改两三次论文，其余的时间都在悠闲地钓鱼（我之所以能这样说，是因为我有过教授这两类课程的经历）。不管怎样，教师们应该认可学生愿望的合理性。如果学生的作品确实达到了能够出版的级别，教师们便不应该嘲笑学生的愿望。一些被大家广为尊重的写作教师，比如小说家罗伯特·库弗，因为其在向合适的编辑推荐自己学生的作品时所付出的努力和相应的成就而著名。学生们需要自信才能够坚持继续写作，而个人作品得以体面出版则是提升自信的途径之一，因此教师应该给予学生力所能及的帮助和鼓励。

更为重要的是，在为了成为职业作家所要学习的难度系数较高的事情中，恐怕没有哪个比掌握出版的诀窍更能让作家们实现自我保护了。从某方面来说，年轻作者在出版方面所需要的指导丝毫不亚于他在写作技巧方面的需求。哪怕是最令人尊敬的出版公司的退稿信也有可能在明智或有益的情况下多少显得敷衍了事。我曾经目睹编辑们抱怨作品中根本不可能被第二个人认为具有象征意义的“显而易见的象征手法”，建议删去任何心智健全的读者能够一目了然的故事高潮。编辑也许会抱怨故事中的感伤情调，而我自己则称之为自然感情的流露；也许编辑还会在快速浏览了故事之后，抱怨故事情节的不清晰，而实际上故事的情节脉络却是一清二楚的。收到任何内容的编辑的来信都能表明他的兴趣，这封信说明他看得起这位作者，所以才会发出一封打印的退稿信，不过作者应该学会不要太把类似的退稿信当回事。但对于年轻作者们来说，他们很难学会这一点。编辑有权在握，当然他也是一位聪明人。如果编辑青睐一个故事，他会发出信件；也许经过简单的修改——尽管这些修改看似并无意义，他会接受这个故事并将其出版。

作者一次又一次地将自己的作品寄出，之后打印或手写的退稿信也纷至沓来，最终潜力无限的作者收起了自己的羽翼不再努力飞翔。尽管在学校里老师和同学还是一如既往地对其赞誉有加，他的伴侣也认为这些退稿的理由莫名其妙，然而作者的内心却被绝望吞噬了。坚持写作长达五年甚至十年之久，但却从未有只言片语得以出版的处境是极其糟糕的（对此我很清楚）。又一位优秀作者最终无奈地选择放弃（不要让别人对你说这样的话：所有的优秀作者都最终出版了自己的作品）。在他准备要放弃写作的危险时刻，身为作者的他亟须三样东西：令其信服的对于他的作品的肯定，认为它达到了可以出版的水平；对出版运作模式的清楚了解，这样，编辑对作者自我认识的伤害便能降低；还有来自老师和朋友们最为强劲的支持。当然，如果再加上另外一样东西也不会有什么危害：与某位作家、出版经纪人或者文学批评家的交流可能会有所帮助。让我花些时间来解释一下年轻作者在接近崩溃边缘时所需要的这三种或者是四种东西吧！

大多数小说之所以被退稿，主要是因为其质量欠佳，然而这却不是作者遭遇退稿的唯一原因。正如我前面提到过的：有些退稿是因为没有将稿件发到合适的编辑手中，有些则是因为稿件根本没能从筋疲力尽或者不甚聪明的、迷糊的前期审核者手中幸免，也有可能是因为出版商有未处理完的作品，也可能只是因为这位编辑忍受不了任何和“奶牛”有关的故事。不过大多数的退稿还是因为质量欠佳。在这种情况下，作者便需要去找一位更好的老师学习。如果找不到合适的老师，他便可以通过阅读有关写作的各种书籍来提高自己，尽管对于致力写作数年仍然没有任何建树的作家来说，任何课程或书籍都于事无补。

然而有些时候，优秀作品也会被本该能够认可其价值的那位编辑退稿。在这种情况下，我们就应该竭力抵制自己对编辑们抱有的好感。他们所有人，无一例外——至少有些时候——会不称职或丧失理智。出于职业的本质原因，他们会大量阅读。然而这也会导致他们的双眼被蒙蔽，即使天才在他们眼前翩翩起舞，他们也会视而不见。像作者们一样，他们也承受着超负荷的压力：他们必须能够遴选出畅销书，或者至少能够为出版商带来荣誉的作品，编辑们也因此变得吹毛求疵、草木皆兵以及愤世嫉俗。大多数情况下，他们都有意识或（更多时候）无意识地秉承着自己所服务的出版公司或杂志社没有言明的原则。举例来说，《纽约客》（最优秀的杂志之一），从创刊之初便极具优雅之风但也相当谨小慎微，这是一个营销昂贵服装和精致瓷器的最佳平台。该杂志的小说栏目编辑，大概没有意识到，他们总是回避一些表达炽烈情感或描写身体强壮、肌肉发达人物的故事，而倾向于选择一些举止优雅或行事踟蹰不决的人物故事。美国阿尔弗雷德出版公司（小说出版界的大鳄之一），往往会拒绝内容过度悲观的小说。简而言之，尽管我们应该对其以礼相待，但是如果年轻作者能够经常想到编辑们也都是有局限的人，对作者本人来说是会有所帮助的。

如果能够真正理解编辑们的工作，我们便会认识到：在特定的某些时间点，我们便不再与他们对立，而会将他们视为朋友。尽管他们有时会人浮于事或者对真正的天才视若不见，但他们在多数情况下却是野心勃勃的完美主义者；他们的毕生最爱便是发现并出版一部伟大的书——哪怕是一部相对来说优秀的书也好。这也就意味着我们可以在编辑身上做文章。他们想要出版某位年轻作家的作品，但是他们缺乏自信。对于年轻作者来说，他们的任务则是争取赢得奖励和荣誉，获得学术奖金或资金支持。如果其他人对这位年轻作者已然青眼有加的话，编辑便会感觉自己把他的书付诸出版也是自然而然的（如果这位作者有机会成为最受读者喜爱的作家，而同时又看似是这位编辑发现了他，在这样的状况下编辑本人肯定会喜不自胜的）。只要这位作者本身是一位优秀的作家，那么其作品在一本杂志上得以发表会让他的作品发表在其他杂志上的困难降低。如果我们的作品在多家杂志上得以发表，尤其是在一两家口碑极佳的杂志，比如《佐治亚评论》、《大西洋月刊》或《纽约客》，都能够提高该作家所创作的小说日后被出版的机会。

一旦编辑下定决心在一位作者身上赌上一把的时候，他心理的微妙变化让编辑确信自己的判断是正确的。从这一时刻起，这位作者在编辑的眼中便只有优秀和更优秀的存在。他也许会提出建议，甚至会对作者的文稿进行令人厌烦的修改，然而，实际上连作者的母亲也不可能像编辑那么宠爱他。他对着每一位出现在他视线范围内的人喋喋不休——他的妻子儿女、撰写评论的朋友以及同事们，而当出版之日临近的时候，这位编辑的整个世界开始因为惶恐的喜悦而颤动，更别提作者的生活了。如果作者不幸遭到了一些评论家的猛烈抨击的话，这位编辑会像作者本人一样愤怒。如果作者又向这位编辑投了第二份稿件的话，编辑便会为这个作品殚精竭虑，一是因为个人喜好，二是因为他将自己的个人声誉押到了这位作者的事业上。此时的编辑便是世界上最英勇无畏、最美妙绝伦的一类人。一位新被发现的作者只有在特意为之的情况下才会致使编辑倒戈相向，而有些作者也确实做到了这一点。

让我来简单描述一下小说编辑的工作内容。通过经纪人（一次多份）或“收发室”（即作家的直接投稿），小说作品便来到了编辑面前。通常随之而来的还有一份简要说明，部分是因为提及作者已出版的作品能够有助于说服编辑（作者和经纪人怀有这样的期待），另外的原因则是写一份说明体现了基本礼节。如果这份说明来自出版经纪人，其开头肯定已经写上了目标编辑的姓名，因为有的编辑可能对某种类型的作品会更加感兴趣一些。然而对于一位来自爱达荷州菲勒地区或明尼苏达州圣约瑟夫的年轻小说作者来说，他可能不太容易得知编辑的名字或者他根本不清楚哪位编辑会喜欢自己的作品。如果是这样的话，称呼“亲爱的编辑”即可，尽管对作者来说，找到一位经纪人显然会方便得多（类似向出版社投稿一样，杂志投稿最好也能够直接投递给某位编辑）。

编辑会尽可能快地阅读文稿，这当然要取决于他当天或那一周收到了多少份稿件。在一些大的出版公司，这个过程通常不太拖沓。小杂志社编辑们的审稿工作通常没有报酬，此外他们还肩负着诸如教书之类的工作，因此他们大多疲于应付稿件，所以他们的审稿大都比较拖延。不过，出版公司的稿件选择大都比较高效。在某家出版公司，也许前期审稿工作人员会筛除一部分显然很差的作品，之后再将品质不错的稿件交给资深编辑去审读。不管哪种方式，好作品会来到编辑面前。就像我前文所说的，编辑会看似以他所知的方式认真尽责地快速浏览稿件。在阅读的过程中，他还思考着几个问题，值得一提的是：这本书会不会畅销？或者会不会给出版者带来荣誉？这本书适合我们这种类型的出版公司吗？出版者的专业出版领域各有不同，如果编辑想要出版的书籍并不属于相关领域的话，他会承担极大的风险。在一家编辑委员会拥有最终决定权的出版公司——大多数出版公司都是这样的情况，他将无力和其他的编辑唇枪舌剑。在规模较小的杂志社，最终决定权通常掌握在一两位资深的编辑手里，在这种情形下，他不仅会没办法为这本书据理力争，还有可能会失去老板的信任。或者，即使他成功地为超出了出版公司专业领域的一部书争取到了出版的机会，出版公司的销售部门也许会对这本书不看好，因而并不会对该书进行大力营销。出版公司的销售人员要负责大片区域的营销，他们要拜访很多书店的老板或经理。除非在极少数情况下——这种情况确实存在，当销售人员对一本与众不同的书特别有信心，需要花费额外的时间为购买者进行特殊介绍时，他们往往会捎带着提到一本大家都不太熟悉的书。在没有得到回应的情况下，他们也就匆匆地去忙其他业务了。知晓这些情况后，编辑们也大多不会为了一本销售人员可能会厌烦的书去强人所难。不过编辑问自己的最主要的问题则是：我个人真的喜欢这本书吗？有经验的编辑们早已炼就了一双能够辨别出优秀作品（根据某些商业或美学标准）的火眼金睛。他们是水平颇高的读者，也就是说，如果一部小说虎头蛇尾，或小说的某些内容比较愚蠢，或者是小说不合情理可能会惹怒读者的话，他们都能将这样的不足辨别出来。

如果一本书总体来说写得不错，充满了智慧的想法（对于它的潜在读者来说），然而在编辑看来却是一部不成功的作品，他便会写一封从他本意上来说（有时候也确实是）经过了深思熟虑且能够对作者有所帮助的信寄给作者本人或是其经纪人。他会对自己喜欢和不喜欢的内容分别进行解释，以及指出这部作品的成功和不成功之处。收到类似信件的作者应该意识到：其实这位编辑对他的作品是有兴趣的（否则，他便会给他寄一封退稿信，或者根本不给予任何回应）。如果这位作者认可编辑的评论（经过一段时间的情绪平复，不再生气和失望之后），明智的做法便是对自己的作品进行修改之后，再次寄给那位编辑。如果作者不认可编辑的评论，他可以将这部作品转投其他出版公司。编辑在读了作者修订过的作品后，要么会选择接受，要么会写上意见后再次拒绝。当然，如果作者认为编辑的观点是对的，他则应该重新修改之后再次寄出。他成功的机会很有可能越来越渺茫，他可以通过编辑的第二封退稿信的语气进行判断。有时如果编辑不止一次地拒绝了一部作品，并且每次还都附上言之凿凿的退稿信，他可能也是出于个人没有意识到的原因。不管怎样，只要作者认可编辑的评论，在经过适当思考之后，他最好的做法便是继续修改。也许他的作品最终并不能够得到这位编辑的认可，然而作者能够随时随地听取他人意见的做法却是极好的：只要编辑还愿意对作品进行评论，那么对作者来说，他便是有益的朋友。作者们总是认为，尤其是经常被退稿的作家，作品每次都被拒，且每次都会收到一封理由充分的退稿信，这就意味着这部作品最终不会有什么希望了。这种想法根本不对。所有的编辑都想出版（在他们的利润要求范围之内）优秀的书籍，并且他们也很乐意帮助有前途的作者使之作品达到出版要求。

然而这并不意味着作者要修改自己的作品，即使他们内心深处对这样的修改并不认可。但是他应该确保自己清楚地理解被拒绝的理由。有时候，人们会认为，编辑对优秀作者的作品提出的修改意见，只是为了让这部作品更加畅销。从我自身的经历来看，这种说法并不准确。最近对成功作家开展的相关调查也表明：他们的看法和我个人的看法基本一致。如果你写的是一部恐怖小说，那么编辑则会致力于让它成为最棒的恐怖小说；如果你创作的是一部严肃的有关艺术的作品，编辑只会按照其原来的方向对其进行打造，而不会让你把它改编成恐怖小说，或是类似加拿大禾林出版公司所发行的女性浪漫爱情小说。如果你曾经在杂志社担任过编辑，你便会知道所有的二流故事都如出一辙。普通的作者没有意识到一些写作手法早已经过时了，比如对第三人称有限视角的强制使用，或者每个故事都从天气描述开始（如“那天早晨的天气异常寒冷”或者“正值中午”），这些说法曾经被太多人使用过，所以在故事创作中应该避免使用。编辑们的经历让他们对类似的陈词滥调尤为敏感，所以明智的人都应该尽可能客观地领会编辑的用意。如果作者认为编辑对其作品的评价有失偏颇的话，我的建议是他可以写封回信来为自己辩护。如果作者的自我辩护看上去既愚蠢又小气（如果这封信暴露了作者的品行比编辑所想象的更为恶劣的话），编辑很可能便会完全放弃这位作者。有谁会需要一位脾气乖戾的笔友呢？然而，如果作者的理由确实正当，并且以较为聪明的方式表明了自己的观点，编辑则很有可能会对其进行关注的。

第一位对我的作品表达出兴趣的编辑是阿尔弗雷德出版公司的鲍

伯·戈特利布。正如我前文所提到的，在长时间没有出版作品之后，我已经积累了好几部小说等待着伯乐的慧眼。当我把《戈兰德尔》寄给戈特利布的时候，他不太理解这部作品，之后他写了一封信，有所保留地表达了自己的赞赏和困惑。当时的我年轻气盛且愚蠢至极，我认为他是断然拒绝了我的作品。因此，我又将作品寄到了别的出版公司，当然也没有收到任何回应。之后我又把《日光的对白》寄给了他，他建议我将内容删减三分之一。我给他寄了一张明信片，并在上面问道："哪三分之一呢？"（对此问题他没有给予答复）几个月之后，已故的编辑大卫·西格尔——当时就职于新美国图书出版公司——读到了我的作品。他一部分是受到了威廉·加斯的影响，因为加斯向他推荐了我（加斯所著的《不祥人的幸运》当时正由西格尔负责编辑出版），另外则是因为我对他办公室的不寻常造访：那天我穿了件黑色的摩托皮夹克，手里提着满满一购物袋的手稿——《复活》、《阿迦颂的残骸》和《戈兰德尔》（尽管故事的后来发展比较令我尴尬，但我还是会和盘托出的）。我将自己用自行车驮到城里的这三部小说的手稿放到西格尔的书桌上，然后说道："西格尔先生，我真心希望您能读一下这三部小说。"短暂的停顿之后，我补充道："请现在就读！"大卫·西格尔是一位善良之人，尽管事实上他并不太好被欺负。他便开始阅读我的作品，在读了两三页之后，他说："加德纳先生，如果你一直看着我的话，我便没有办法看你的小说了。"之后我便离开了。当第二天早上他十点钟到达自己的办公室时，他告诉我这三部小说他都打算编辑出版。他在新美国图书出版公司出版了其中的一本，之后在哈珀柯林斯出版公司出版了第二本，之后他又转战阿尔弗雷德出版公司，在对《戈兰德尔》和《日光的对白》（他后来又收下的一部小说）进行编辑并准备出版的过程中，他去世了。他的离世对于全世界来说是巨大的损失。

大卫·西格尔的风格在出版界可能不太常见。他基于个人从作品中看到的优点接受了我的小说，之后再将他认为作品中仍需改进的地方告知我。关于《日光的对白》一书，他曾给我写过一封长信讲述其中的不足：哪里的象征手法出了差错，哪里的语言有冗余的嫌疑等（尽管他没有明说，但他在一封信中隐约表达了我应该把书稿删减三分之一的观点）。他以自己惯常的方式和我交往，像对待严肃小说家一样待我，基于内容对作品进行批评，对我来说以这样的方式提出的建议较为容易接受。在他去世之后，我开始和鲍伯·戈特利布合作，这时我才了解他们两个人的学术背景相当，而不同主要在于行事风格。鲍伯·戈特利布对于作品中出错的地方大都不直接说，而是采取暗示的方式，有时候他还会用打比方的方式来指出其中的错误（小说家哈利·克鲁斯曾经在《时尚先生》杂志上发表过一篇言辞尖刻的文章，讽刺鲍伯·戈特利布曾经说过应该让他的小说“呼吸”之类的话。而看过他作品的一些人可能会认为戈特利布的观点是正确的）。其他编辑有不同的工作方式。有些人在读完一遍作品之后会给作家写几封篇幅很长且内容详尽的信件，而有些人则喜欢和作家进行非正式交谈，有些人则不做任何评论将作品全盘接纳（属于最后这一类的编辑很少）。尽管有时候他们也会犯错，但他们所有人对待工作都秉持严肃认真的态度。

作品一旦被接受之后，编辑便会再一次通读书稿，并进行标注，就哪些部分应该删减、改进、加长或重写提出建议。我发现有些编辑并不是那么严苛，而有些编辑却会对每一句话都字斟句酌。通常我对这两种风格都比较适应。在极少数的情况下，作者也可能会遭遇一位尽管犯了错仍然坚持己见的固执编辑，如果这样的话，他就麻烦了。我有一本小说的编辑（不是戈特利布也不是西格尔）坚持要对我作品中的标点符号进行修改，他强行想要按照自己在耶鲁大学学到的标点符号使用规则修改我作品中的标点，坚决否认标点也是一种艺术形式。小说中的一个人物不擅长记名字，所以他想到什么名字便随意用来称呼他人，而编辑把里面看似错误的人名全都一一订正过来。当我大声质疑他的修改时，他什么也没说，但坚持拒绝按照我的意思将其改回去。我不知道在这种情况下作者究竟应该怎么做，也许应该收回自己的手稿。当然肯定的是，我不会再和这位编辑合作。类似的经历很罕见，至少对我来说是这样的。从总体上来看，编辑们大都比较灵活，并且尊重作者的愿望。

至此，手稿已经经过了稿件审查阶段。作者的文学编辑便会将稿件转交给另外一类编辑，他们负责对作品进行细节检查，浏览作品查找其中的拼写错误、句子是否正确以及风格是否一致等，并且也会给排版工人以必要的指示。当这一步工作也结束后，审稿编辑便会将做了修改标记的手稿寄给作者本人，手稿中还粘贴着粉红色的便条，上面陈述了编辑的疑问。作者要么接受，要么拒绝编辑所做的修改，之后稿件便进入了排版阶段。一段时间之后（根据我的经验，大概是几周后），作者会收到由排版工人发来的已经排好版的书稿，上面已经由校对人员标注出排版印刷类的错误。作者对审稿编辑审核过的书稿再重新审查一遍，将里面的错误标出后再将这份稿件寄回，之后便可以等待书稿的正式出版了。而有的作者在稿件已经排版之后还在重写其中的某些内容。这个阶段的修改就会有所耗费时间，因此，如果一位作者在这个阶段突然对自己的小说有了很重要的、崭新的观点的话，出版商肯定会感到不甚开心的。如果这本书本身水平较高，或者出版商认为这本书肯定可以赚钱的话，即使作者在这时候对稿件进行修改也无可厚非。然而，一般的书稿最好避免在排版后再对其进行修改。

当作者最终收到已经出版了的作品，并且该书已经在书店开始销售了之后，他又要全力以赴地应对一个新问题：促销。作者对于出版商所展开的促销活动一般都不怎么满意。作者通过抱怨或者给出版商施压，让他们推出更大量、范围更广以及品质更高的广告宣传，或者让公关部门努力为其安排电视采访等，这些做法本身并没有什么错误；不过，此时的作者也应该意识到：游戏的主动权并没有掌握在他的手中。出版商大都清楚哪种类型的书可以通过大量的宣传来提高销售量，哪种类型的书不管你再怎么促销，对其销量都不会产生多大影响。和其他生意人一样，出版商希望自己的投资能够得到回报。对约翰·欧文的作品《盖普眼中的世界》所进行的堪称范本的促销（五颜六色的封皮、主要报纸和杂志上刊登的大版面广告，据我所知，还有T恤以及车尾贴等），确实得到了应有的回报。然而对欧文的另外两部小说尽管也采用同样的促销手段，但结果却只是浪费了时间和金钱。《盖普眼中的世界》这部书属于这样一类小说：它既可以被当作严肃的艺术作品，也可以被看成是一本大众读物。书中的内容既包括必不可少的两性关系的描述，也包括非一般的暴力桥段，并且该书还表达了对当时的重大社会问题的关切（例如女权主义）。如果这部书事实上并不具有促销者们所宣传的吸引力，那么出版商的可信度将会大大降低，而读者和书店也会气愤难耐，约翰·欧文的下一部作品可能就不会这么畅销了。因为促销部门的工作大都比较高效，因此采取对他们大喊大叫的做法可能不会有什么好处，或者坚持让出版商在合同里注明该书的宣传经费也是不可取的（如果出版商拿出较多的钱来进行促销，那么这笔钱他肯定会从别处挪来使用，譬如减少预付费用。如果出版商对于促销经费的分配比较合理，增加花费并不能够提升回报，作者在这种情况下还要求扩大促销并因此少收预付款的话，其实就是在盘剥自己）。而对于电视访谈等类似促销手段，不需要出版商支付任何费用，只要作者愿意，他便可以尽可能多地上节目（当然也有可能他会一个节目也上不了）。出版商的促销部门可以尽力为其安排，在不同的城市举办“书和作者”午宴或者让作者上一些电台访谈秀。如果作者能够表现得极具魅力的话，那么这些策略确实能够创造奇迹。

有关作者和出版商之间的关系我便不再赘述了。下面我想谈谈作者对于来自周围人的支持的需求。无论内心多么坚强，每一位作者都需要有人信任他，给他肩膀让他靠着流泪，并且珍惜他所看重的一切。如果作者不能得到这些的话，他可能会尝试交一些新朋友。在我看来，与其他作者为友的做法是值得推荐的——通过参加写作研修班，或者接触在读书会上能够结识的，也可以在出席暑期作家研讨会时结交新朋友。

暑期研讨会对于处于起步阶段的作家来说，不愧为一个结识编辑和经纪人的良机。此外在研讨会上，他们可以让著名的资深作家或迅速走红的年轻作家对自己的作品做出评价；他们也会碰到一些严肃对待写作的新手，他们和自己有着同样的困境，不管是在审美、心理，还是社会处境方面。对于很多人来说，尽管研讨会结束了，但是他们在此建立的写作社团却没有结束。对于与会者来说，这些做法都很普遍：彼此保持书信来往，在某个城市见上一两次面，或者在研讨会结束很长时间后，从研讨会指导教师那里寻求帮助等。有人抱怨说研讨会导致了作家之间的某种不伦关系：我们会在一位指导教师的著作封皮上看到另外一位作家的溢美之词，或者是在《纽约时报》上发表一篇书评等。其实作家们关系的真正奥秘主要在于资深的研讨会指导教师对年轻的指导教师或是参加研讨会的学生们伸出了援助之手。研讨会上的友谊是很深厚的（更遑论在此间萌生的爱情了）。毫无疑问，这主要是因研讨会时间较短而导致的狂热气氛——学生们想要尽其所能地学习，老师们对此积极回应，偶尔他们还会为了释放压力而把酒言欢。从任何方面来看，作家研讨会都能很好地增强年轻作者的自我价值意识，除了拙劣的作者会因为觉得被老师和同学们忽略了而中途离开，当他离开时他的内心不如来的时候那么强大。

从职业角度来看，年轻小说家能够获得的最有价值的支持来自他的经纪人。诗人和短篇小说家对于经纪人的需求不是那么强烈，也许也没有人愿意担任他们的经纪人：一般来说，诗人和短篇小说家也没有足够的钱来支付经纪人的时间付出。如果某位短篇小说家在类似《纽约客》之类的杂志上能够发表几篇作品的话，他也许会引起某位经纪人的注意，然而他显然根本不需要经纪人的帮助。他有能力销售自己的故事，而对于在杂志上发表的文章，即使有经纪人的协助也不可能大幅提高其稿费。不过对于年轻的小说家而言，经纪人是不可或缺的，也许在影响力很大的朋友的帮助下，或者是走了狗屎运，他也能够依靠一己之力将个人作品售出。优秀的经纪人知道现行的市场价格，并且和很多编辑都有私交，因此他能准确地判断价格的可提高程度。然而无知的作家却往往会被出版商的合同生吞活剥掉。对出版商来说，他们总是会努力想要得到部分电影版权、外文发行版权以及任何他们能够受益的东西，而只有经验丰富的经纪人才知道应该删除合同中的哪些条款。

经纪人的价值还在于他能够帮助作家出售自己的作品。经纪人在出售作品的努力程度上可能不如作家本人那么卖力。他们手头上有很多与之关系稳定的作家，对于其个人来说没有什么紧迫感。根据经验，经纪人知道送到他们办公室的优秀小说早晚会被别人购买。通常情况下，他们不在意作家们去努力兜售自己的作品（无论哪种方式，他们都能得到自己该拿的10%的份额），如果作家自己的个性比较适合推销的话，他也许会想要自己销售书稿，而经纪人则留待签订合同时发挥作用。从另一方面来讲，经纪人能够帮助作家卸掉压力。在遭遇多次被退稿之后，作家本人可能会放弃这个故事或小说。这时候经纪人便出马了，他如脉冲信号般持续地工作：将该故事寄出，被退稿，之后将其再次寄出（经纪人比作家本人更清楚地知道何时该放弃一部作品）。此外，作家本人可能会因为退稿信中有关如何修改其作品的意见而妄自菲薄或勃然大怒，但是经纪人们往往并不会过多在意。在对作家提供指导方面，经纪人大都不会在作家面前对编辑们的建议发表任何评论——除非有些建议在他本人看来是很重要的。当作家自我怀疑的时候——在出版了 20 部作品之后，我仍然会问自己究竟是不是作家这样的问题。尽管编辑们要为此负较大的责任，然而经纪人会用肯定或否定、钱多或钱少这样的话简而化之。只要他还有理由去相信自己的判断（将客户的作品不停寄出），他便期待编辑们能够关注自己的判断，而他坚定的信念也确实有助于此事的达成。简言之，经纪人是能够给予你支持的好人。

得到一位好的经纪人几乎和找到一位出版商愿意购买自己的作品的难度相当。我们应该避免和收取作品审读费用的经纪人合作，因为这种做法与文学经纪人联合会的原则是相违背的，从而暗示这位经纪人也许正在从事榨取业余作家钱财的勾当（如果一位经纪人能够收取大笔的作品审读费用，他便没有必要去费力出售客户的作品了）。如果想要查找可信度较高的经纪人信息或者联系经纪人，你可以写信给“独立文学经纪人联合会”。该机构的地址是：纽约罗斯福邮局 5257 信箱，邮编是 10150。如果作家没有名人大力推荐的话，这个组织成员中有较为年轻的经纪人，而这类经纪人最有可能愿意和新晋作家打交道。或者你也可以写信至“作家代表联合会”，地址是：纽约老切尔西邮局 650 信箱，邮编是 10113。用简单扼要的语言告知经纪人你的基本情况：你是一位怎样的作家，你想销售哪类作品（如果这个经纪机构没有给你回信，这个机构可能并不是你想要一起合作的）。当然，你需要写一封措辞巧妙的信件。如果信件中的内容不怎么好（让人烦躁的闲话、术语或晦涩难懂的句子），经纪机构通过阅读信件也会知晓你并不是他们想要合作的人。和经纪人打交道就像和其他人交往一样，提及名人的名字也会有所帮助。如果你曾经师从某位有名的作家，你可以在信中提及他们；如果你曾经有故事出版或者获过奖励，你也要设法提及。

按照事情发展的一般规律，一个或多个经纪人机构会给你回信，要求看一下你的作品。将作品寄给他们（文稿一定要整洁。包括经纪人在内，没有人愿意花费精力去读字迹难辨的文稿）。如果最终没有哪个经纪人机构愿意为你代理的话，那就你便应该知道，你要么是还不够优秀，要么便是太优秀了。如果你的情况属于后者，那么坚持继续写下去，继续和你能够接触到的写作团体保持联系，终有一天你将能够崭露头角。

有关经纪人的话题再补充一点。被经纪人拒绝通常比被编辑退稿要意味深长得多。经纪人很少详细解释自己拒绝一位作家的原因，然而，对他们来说亘古不变的一个原因便是：他们认为自己没有办法将这位作家的作品卖掉。也许他们会觉得这个作品很好，也许很糟，但是不管怎样，他们没有能力将其销售出去。你和经纪人之间应该是一种彼此需要的关系。正如我前文提到的，如果能有一位著名作家的引荐，那对你来说将是非常有帮助的。当然，年轻作家应该尽可能在不使那些写作名家厌烦的情况下与他们搭上关系。然而最终，经纪人只相信他们自己的判断。这也正是他们事业蓬勃发展。其代理的客户事业蒸蒸日上的原因。

在学习写作技艺、练习写作技巧、获取经纪人帮助以及等待经纪人回信的过程中，作家也要想方设法谋生。每一位作家都如同中世纪的基督教徒一般，希望在其饱受看似荣耀的痛苦之后，福祉能够最终降临，如同给予他们的奖赏。因此，作家会从事一些让他们痛苦的兼职工作，有时他会依赖父母或配偶的收入为生，同时继续写作，祈祷并殷切等待奇迹的出现。作家会这样告诉自己：终有一天，自己的创作会迎来巨大突破，而所面临的财务困境也将结束。

然而这并不真实。不管怎么说，对于严肃作家来说这并不是真的。大概千分之一的严肃作家能够通过自己的艺术创作来谋生。而有上述孩子般幼稚想法的作家则需要直面并应对现实问题。

从古至今，作家们已经发现了各种各样的生存之道。古代诗人们通过乞求或依附于皇权而谋生。在当今世界上，仍然有一些体面的富人愿意资助有潜力的作家，尽管他们知道，也许自己的付出并不一定能够得到回报。富人对于品德高尚的穷人的资助大多是通过基金会的形式，如古德海姆基金。作家也可以从国家艺术基金会或各州的艺术委员会寻求公共赞助。极为优秀的作家有机会得到来自这些机构的支持，尤其是如果有认识他的写作名家能够为其价值作证的话。然而，不可避免的是，在基金会及其赞助项目中都存在一定数量的黑暗交易。作家需要有人对其才能做出评价。如果评审人有朋友也要参选的话，他们的友谊可能会让评审人夸大其才能。在这种情况下，没有朋友关系的作家便处于劣势。也许评审委员会的委员们比较偏爱某类文学作品，因此，即使他们认可了其中一位申请人的杰出才华，他们还是会将资助给予另外一位。如果年轻的作者能够得到来自某位富人的私人赞助的话，那么他应该掩饰自己的骄傲并接受赞助。有关能够为年轻作者提供帮助、寻找优秀教师以及想要获得和学术奖金相关建议的信息，可以写信或电话联系“诗人和作家”，这个机构的地址是纽约西 54 大街 201 号，邮编是 10019。你也可以通过拨打（212）757－1766 这个号码与他们取得联系。由该机构出版的为《尾声》杂志（每年订阅费用为十美元）上面刊登着来自各个艺术委员会和基金会的竞赛、学术奖金以及为作家提供资助的各类相关信息。

对于作家来说，更为合适的便是找一份工作。几乎所有的全职工作对于作家们来说都是难以负荷的，哪怕是不需要做什么具体工作的办公室工作。如果有人在我身边走来走去，我是没有办法专心写作的——我在写作时之所以需要独处，一是因为我需要专心，二是因为我在为故事创造一个合适场景时可以随意地做出各种手势、动作或喃喃自语，却不至于太过尴尬。同样，如果我没有大段时间可以用来写作，我便没有办法进行小说创作——对我来说，理想的工作时间段为连续 15 个小时不间断。如果需要见缝插针地利用时间来创作一部长达 500 页的小说，确实会让人崩溃。有些作者为了解决类似问题而选择了火灾警戒员的工作，这样他们便可以坐在高高的瞭望塔上，偶尔抬头望望周围即可。从理论上来说，这样的工作是最理想的。然而，在实际操作中，这种工作却让人极为痛苦，因为来自民用波段的呼救从来就没有消停过。守夜人或酒店夜班服务生的工作与之相比也好不了多少。为了谋生而找一份高中教师的工作则更会让人筋疲力尽，哪怕你并不是一位过度负责的老师。从事记者工作可能是个不错的选择，然而这份职业却会降低作者的写作水准以及敏锐性。

近年来，作家们最喜欢的工作之一便是在大学任教。大学教师不仅拥有暑假，并且在冬季他们也有可能找到比别人更多的时间来进行创作，当然，那些职业流浪汉除外。如果一个教师教授三个班级，每个班每周上三个小时的课程，此外每周再花上几个小时和学生约谈（如果幸运的话，他可以把这些约谈都放在周二或周三），每周再拿出几个小时来备课（如果这位教师尽职尽责），那么剩下所有的时间都可以由他自己支配。对于个性合适的作家而言，在大学任教是最佳解决之道。而困难却在于：大学里可提供的职位越来越少。文学硕士和博士项目培养了比实际需要多得多的想要涉足教育的作家。不过这样的现实并不会让人彻底绝望。优秀的学生仍然会被大学聘用。教授们对他的大力推荐以及他在小说出版或自己所选择的学术领域所取得傲人战绩，为他打开了在他人看来好似已经锈死了的大门。此外，相关领域的博士学位，比如英语文学甚至是哲学，却能够帮助他叩开政府部门、广告行业甚至是集团公司的大门。

然而，依靠教书而得以继续写作生涯的作家却发现：他的执教经历也会影响自己的艺术创作。日复一日地和起步阶段的作者打交道，他发现自己总是被迫对问题采取分析解构的方式进行处理，然而通常情况下，他是可以用其他多种方法来应对的。为了能够让学生清楚地意识到自己文学作品中的错误，教师只能采用一种完全有意识的且较为理智的方法。每一位作者在某个特定时刻肯定会经历类似的分析解构阶段，然而他需要及时地将个人特色融入自己的血液中。只有通过这样的方法，当他又一次在创作之路上遇到羁绊时便有可能使问题迎刃而解，而不再需要去搜寻自己的文学背景知识。他能够感知自己的解决之道，而不需要从小说创作的梦境中抽身出来审视自己的行为，他通过更加深入梦境的方式解决问题。然而对于写作教师来说，理智分析的习惯则可能是极为严重的。

教师还有可能遇到其他问题。当他看到越来越多极具才华的学生时，他可能会有意识或无意识地给自己增加工作难度。他通过使用学生们难以理解的精湛技法、完美表现力和微妙的手法让自己不受最优秀的学生作品的影响。他变得矫揉造作、附庸风雅且学究味十足。因为教师的职责之一便是让学生认识到当代小说有多样化的表现形式，这样的话，他们的作品便不会如出一辙。然而，在有些教师的课堂上，唐纳德·巴塞尔姆（或者海明威、塞林格或其他任何人）似乎是这个世界上唯一的作家，教师也许还会受到与他同时代的其他作家的过度影响，而有的教师则会过多地侧重理论教学。毫无疑问，对于有些写作教师来说，这种情况从来没有发生过，然而我们却经常会听到这样的抱怨。

不管采用何种方式，假如作家个人并没有在经济上取得完全独立的话，他必须找到一份不会消耗掉其所有精力和时间的合适工作。例如，投递郊区路线邮件也许是一份很好的工作（一般中午时分便能够完成工作）。为了自己的艺术创作，作家必须学会在力所能及的范围内谋得一条生路。如果作家想要得到自己在电视里看到的一切，那么他最好放弃写作，开始认真地对待赚钱这一问题。否则，他便需要将电视送给一个精神上极为空虚的人。

为了避免文化中的竞争元素以及如鹰般警惕生活方式对个人创作的不良影响，最显而易见的逃离方式便是离开这种文化氛围，去墨西哥、葡萄牙或克里特岛。很多作家确实是这样做的。然而，低成本生活所要付出的代价往往比人们一开始想象的要大得多。同时，离开了自己原先的生活圈，也就意味着放弃了自己的物质所有。对于专注寓言小说的非现实类作家来说，背井离乡并没有什么不妥。然而历史却一次又一次地向我们印证：离开自己熟悉的人们以及自己之所以为此的文化，作家们其实背离了自己的艺术源泉。因此英国小说家阿诺德·贝内特在离开自己的出生地而远赴伦敦那更为光明的前程时，却发现自己的写作水平退化了。类似的例子还有很多。当然，还有一些作家在移居别处之后确实发展得很好。莱斯利·菲尔德声称米苏拉和蒙大拿是20年来最适合他居住的地方，因为米苏拉和纽约的差异激发了他的想象力。此外，这里的夜晚很长，对于他来说除了写作没有别的事情可做。来自于一种全新文化的冲击同样使这几位作家受益匪浅：马尔科姆·劳瑞、格雷厄姆·格林、亨利·詹姆士，但丁就更不用说了。然而危险确实存在，我们必须准备好应对。很多作家感到自己因为被烙上了某个地区的印记而痛苦不堪，通常因为一份教书的工作——因为与适合自己环境的迥然不同（如南加州的新英格兰人或克利夫兰的田纳西人），他们感觉自己被别人轻视，并且失去了自我。对于这一普遍问题来说，最为典型的案例便是社会地位较低的作家的移居：他们来到某个环境，譬如大学校园，这里的中产阶级人士不仅严重影响了他们的语言和价值观，并且也改变了他们对世界的认知。

作家能够找到的、使自己可以继续创作的最好方法便是依赖配偶的支持。然而，从心理上来说，这样的做法很难让人接受。即使配偶有一定的经济实力，作家也很难坦然面对。我们所接受的文化教育在强调个人独立这一点上丝毫不含糊。因此，那些本来就对自己缺乏信心的新手作者或是还没有取得成功的作者，心理上还承受着羞耻感的折磨。这就解释了为什么一些作家会像其他艺术家一样，经常选择依赖他人过活。在有意或无意的状态下，他们不需要他人的尊重，就像是慷慨的风尘女子一般。心怀内疚的人很难成为一位优秀的作家，缺乏自尊自重的心理也会侵蚀个人的创作。尽管以上都是反对意见，但依靠配偶或爱人的支持确实是最佳解决之道。对于那些大亨来说，没有什么比妻子或爱人所获得的艺术成就更能让他感到满足的了。而一些女性也因为能够支持自己丈夫或爱人的创作而收获了骄傲和满足感，只是有些愤世嫉俗的人会认为这样的做法有点病态。然而我的意思并不是指作家应该像吸血鬼一样压榨他所找到的那位支持者。如果作家发现在彼此坦诚的基础上，对方仍然乐于支持他的艺术创作，他便需要尽全力摒弃传统的道德观念的影响而接受上帝的恩赐，并且竭尽全力让爱人的慷慨付出得到应有的回报。

如果幸运之神眷顾的话，作家最终是可以挣到钱的。一部小说可能会被改编成电影剧本，或者获得“每月一书”俱乐部的青睐，还有可能因为某种原因而俘获年轻人的心。但是我们不能对其抱以过多期待。大多数的小说家，包括非常优秀的作家在内，都没能依靠自己的艺术创作而谋生。在我看来，职业作家的年均收入大概仅有五六千美元而已。年轻的小说家总是会不自觉地期待自己的作品某天能够得以出版，而他也因此能够摆脱心理上的愧疚感和经济上的外债。然而，至少数据表明：期待的破灭是游戏的一部分。有研究发现：在成功出版了个人首部作品的作家中，有大约百分之七十的人没有作品再出版。如果我们不愿意像真正的艺术家一样进行写作的话，将精力用于别处可能更有利于我们的生活，因为这是现实对我们提出的要求。

第四章 信念的力量

根据我的个人经验，无论在大学举办的讲座还是课堂的学生提问环节，这样一个问题经常被学生们提出：您在写作时使用的是钢笔还是打字机，或是别的工具？我认为这个问题其实比它表面上看起来要重要得多。这个问题谈及了魔法力量，而这是疑似患有强迫症的赌徒最为关心的事情：在玩轮盘赌的时候，我们是否应该戴帽子？如果答案是肯定的，那么我们应该把帽子歪向左边还是右边？戴哪个颜色的帽子最为幸运？这个有关写作工具的问题实则暗含了由来已久的恶魔作家写作障碍的问题，关于作品想象力和想象力修正的问题。此外，在最深层次上，这个问题主要是想了解对年轻作家来说是否真的存在成功的希望。

1

每位作家——有经验的和写作新手都包括在内——都知道作家的写作能力会在某一天表现得很神秘。血液在身体里沸腾，作家感觉全身充满了力量，一面横在他面前的隐形墙壁轰然倒塌，作家很轻易且自信地从现实世界进入到另一个世界。然而，在没有灵感的状态下，作家眼中的整个世界都了无生机，世界不再是一个整体，而是很多个相互隔离的空间：他看不见整体而只能看见部分，看不见精神而只能看见实物。换种说法来解释，处于这个状态下的作家不停地阅读自己已经堆砌在纸上的文字，然而文字只是文字，并没有幻化成他原本要营造的生动的梦境。然而在拥有灵感的状态下，故事般的梦境跃然纸上：作家忘记了自己写下的文字，目睹故事中的人物在房间里徜徉，在橱柜里翻找物品，不耐烦地阅览信件，设置老鼠夹子，将子弹上膛。这个梦境如我们在晚间的梦一般真实而有趣。而当作家将自己的想象记录在纸上的时候，不管恰当与否，都不能让他的思绪离开这故事般的梦境，而只会让他能够更加专注于自己的思绪。一旦梦境开始变得模糊，他便能够重读自己写的内容，之后梦境便可以重现。这正是作家苦心追寻且极其脆弱的创作过程：在他的想象中，他能够清晰地目睹虚构人物的行为；当他在思忖人物下一步的动作时，该人物便将其接下来的动作呈现至其眼前；他用自己能找到的最恰当的语言将这些内容记录下来，并且在其写作的过程中也意识到日后自己可能需要使用更加美好的词语来记录才行得通。不过一个词语的修改意味着其想象的明晰和深化，他所创设的梦境或想象越来越透彻，直至相形之下现实看起来似乎是如此的冰冷、无趣且死气沉沉。作家必须学会随意地驾驭这个创作过程，并能够防止大脑中相向力量制造阻碍。

每位作家至少都经历过几次这样奇异而又魔幻的时刻。在阅读学生的作品时，老师能够一眼看出魔力从何时开始而又在何时结束；作家的哪部分作品是灵感使然，也就是内心深处流动着的想象力成就的，而又在哪一部分的创作中作家只是依靠自己的才智殚精竭虑所为。有的人可以在没有灵感的眷顾下写完整本小说，在整个创作的过程中他们没有见识到故事般梦境中事物的神秘重现。人们可以轻易地塑造人物、情节和场景，之后便像按照数字顺序作画的方式一样来进行故事创作。不过大多数的故事和小说都有对活生生的梦境的描述，有用到一些恰到好处的表达或准确到极致的比喻；某个较短的段落对墙纸的纹样或猫咪的动作进行描写，某个段落较之其他段落更加熠熠生辉而令人心神悸动，故事中的某个时刻正如我们所说的一样“活生生地呈现在眼前”。正是作家笔下所描述的好似看见某件事情发生的经历得以呈现——取其字面意思，而不是比喻意义，人物或场景依靠其自身独特的能量神奇地进入我们的世界，因此作家才会感觉自己并没有创造这些梦境中的东西，而只是经历，或者如魔法师和牧师一样只是偶然遭遇一个神奇的咒语。正是这种似乎触摸到了某种神奇物质的经历让作家着迷，他们愿意为了自己的艺术创作放弃一切。然而如果他遭遇失败的话，他的人生便极其悲惨。

毒药也好，神奇的药膏也罢，当然也可能两者兼具，最初都是小剂量使用的。对于年轻作者来说，他们通常的创作过程是这样的：在写第一稿的时候，他们感觉自己所写的内容都活灵活现且趣味盎然，然而当他们在第二天重读这一部分时却发现内容如同嚼蜡、了无生机。之后的某个短暂时刻会在质量上不同于其他时间：一小部分的真实经历。类似时刻出现得越频繁，结果便会越上瘾。请注意：这个神奇的时刻和主题无关，或者说和象征主义没有关联。事实上，它和文学课程所研习的普通课题没有一点关系。它仅仅是一种心理学上的热点，死寂星球上的点滴生命迹象，抑或是作家虚构世界中的某些真实存在。这些奇特的瞬间，有的令人兴奋，有的只是让人觉得奇怪。这些瞬间促使状态发生了变化，或者是形成了逃离普通时空的瞬间感觉。毫无疑问，这种瞬间类似于宗教神秘主义者所追寻的时刻，或者接近于人在濒临死亡时刻的见闻，而这些正是艺术创作的灵魂，也正是人们献身艺术的原因。急切想要进入类似创作状态的年轻作者们在有过类似经历后想了解其详情，而没有过类似经历的作者则会因此感到不满。然而他们却都已经准备好要随意召唤这样的创作梦境，尽管他们可能永远都不会了解自己是怎么做到的。无论是谁，只要他能够频繁地找到魔法钥匙，那么心灵的魔力便越是能够眷顾他。魔法无异于其他事物，成功能够带来更多的成功。

然而，所有这些并不能都归因于魔法。一旦人们通过亲身经历了解了自己所心仪的创作状态之后，人们便可以通过创造一些条件来促使类似状态出现（通过练习，有些作家可以随时随意地进入这样的创作状态，而有的作家则穷其一生却无缘类似状态）。如果可以的话，每一位作家都需要分辨清楚最适合他个人的最佳创作环境。

现在我们再回过头来讨论前文中提到的钢笔、铅笔或打字机的问题。对于该问题其实没有所谓的正确答案：人们究竟应该用钢笔、打字机，还是用别的工具进行写作呢？这个问题的答案除了能够揭示有关创意过程的意义之外，根本没有回答的必要。我们可以想一下那些十分年轻的作家，也即那些处于高中或大学低年级的学生，他们还不能特别熟练地打字，当他们坐在打字机前，盯着上面的纸张的场景。他们会因为纸张放得不太正而分心，还会因为对打字键掌握不好而分神，而如果这部打字机是电动的，那么它还会发出不耐烦且让人害怕的嗡嗡鸣叫声。作家自己也知道，如果他能够熟练地使用打字机，那将极大地提高他的写作速度，然而同时他却又感觉自己使用打字机时根本不会写作。最终他把纸从打字机中扯出，将其握成纸团后弃置于垃圾桶内，然后重新用钢笔进行创作。他这时才又开始进入到自己想象的状态，他看到人物在周围走动，像他在故事里设计的那样惹上麻烦。然后，当作者快速浏览自己所写下的内容，想要突破自己思绪拥堵的地方时，他却看到墨水在纸上晕染了一团污迹。他想要对这团墨迹视而不见重新回到自己创设的梦境中，然而那团墨迹却让其心烦意乱。最后他将自己所写的内容重新誊抄到一张干净的纸上，再次从头阅读已经写下的内容，试图再次进入小说般的梦境，以期找到思绪停滞的节点，这样梦境便能够按照自身的发展趋势得以继续，而他也能够将人物下一步的行动“尽收眼底”。

作家还发现了另外一个麻烦：无异于说话，我们在书写时也富有手势。除非我们像外行的分析家一样来审视书写过程，否则我们通常不会思考这样的事实。然而现实却是如此，正如说话时我们会在有意识或无意识的情况下流露内心情感，偶尔撇嘴或因躲避而将视线移开；我们在写作时也会不间断地发出信号，表达我们内心的喜悦、不确定、厌倦或心中隐藏的欺诈和表面的虚张声势。当我们回顾自己所写的内容时并不一定会知晓这些，然而我们却发觉自己会留意书写方式，而它开始像一面石头砌成的墙一样横在我们和小说般的梦境之间。我们看不到有一只狗在垃圾桶中翻找的场景，相反，我们看到的只是单独出现的词语：一只狗在……

我不知道除了我自己之外是否还有比较年轻的作者曾经真正地经历过我经历的那些苦恼（也许没有，除了有关用打字机写作的环节：我在学习使用打字机进行创作的过程中一度特别苦恼，而我知道有些作者一直都没能习惯使用打字机写作），然而打字机容易使人分神的不良效果和同样具有能够使人思想分神的遣词造句相比较便相形见绌了。甚至对专业级别的作家来说也是这样，而词语使用能够使人分神的现象在那些刚刚开始写作的作者身上更为明显：语言，就像是一台我们还不怎么熟悉的打字机一样，是复杂、令人望而生畏、笨重、没有耐心且麻烦不断的一台机器。你盯着眼前梦幻般的场景，努力想要用语言将其记录下来，然而却发现语言似乎在和你对抗。你想说："她打算告诉他这个还有这个；你决定她应该走到他的面前并告诉他，因此你转而想说："她专心致志地走到他跟前，然后……"然而我们在此处因为语意差异不能使用"专心致志"，接着你便被语言从自己的梦境中强拉了出来。语言的叛逆是一种挑衅的行为（尤其在我所给出的例子中，所存在的问题极其容易解决），然而它所带来的烦恼却是真实存在的。和我一起工作的大多数年轻作者在写作初期大多在地道地使用英语方面存在困难，比如，哪种语言是适合写作人使用而不具方言特色的?"她认为（英文原文有连词 that）她应该告诉他"还是"她认为（英文原文没有连词 that）她应该告诉他"更为合适呢?"她预料到他应该会生气"这样的说法是否正确？还是我们应该说，"她预料到了他的愤怒"？由于某些原因，至少在美国来说是这样的，大多数的作家出身于中产或中产偏下的阶层，很少有人在语言中的怪异用法会不暴露他们的出生地。举例来说，类似这些奇怪的用法，纽约中产阶层会用“拿来”（bring）代替“带走”（take），或者用“来”（came）代替“去”（went）。还有在习惯用语使用上，会用“站在队伍上等”（stood on line）来代替在其他地方通用的“站在队伍里等”（stood in line）。只要我们坚持使用最为安全的写作手法（第一人称叙述方法或第三人称有限视角），语言上的怪异之处在文章中便可以起到丰富原文的作用；然而一旦作者尝试更加令人敬畏的写作手法——全方位叙述，用俾斯麦或圣母玛利亚的口吻来进行第一人称叙述，那么语言中的怪异用法便会让作家本人看起来很无知。小说中的方言着实有趣，像福克纳这样的作家们向我们证实：在不忘却自己方言的情况下，作家也能够写出气势恢宏、感人至深的小说作品（福克纳并没有使用被大多数深受尊敬的作家们所采用的纯正英语，而是运用一种独特的南方英语，而这种方言对“推断”（infer）和“隐含”（imply）并不区别使用）。然而无论方言有多么优美，有抱负的作家很少愿意被永远地隔离在托马斯·曼、马塞尔·普鲁斯特以及梅尔维尔等高水平作家的行列之外。因此，让人深感棘手而又令人胆怯的语言便在作家努力将故事般的梦境记录在纸上的过程中不断地设置路障。

正如纸张上的墨迹或作家书写中的身体手势会使我们的年轻作者在努力写作的过程中分神，词语的模糊和难以掌控的第二层含义也会使作家不能集中注意力，从而妨碍其创作。如果故事中的人物告诉我们，一位完全没有任何能力且身体虚弱的国王此刻被抬入了自己的墓地，“降临人世时已然死亡”意指这位国王从来没有真正地在人世间活过。而词语“降临”（born）则使用双关手法，还可以指代“携带、抬挪”（borne）除非我们知道作家之所以这样说，只是想要个小聪明，否则我们可能就会容易分神。每个作家都曾经有过词不达意的经历，致使作品中庄重的时刻变成闹剧，使自己看上去呆头呆脑（“一只双头母蛇形状的戒指”）且语意模糊，不知不觉中作家成了一个伪善而又自命不凡的傻子。因此，当作家将自己幻想的梦境记录下来，然后再回头看时，却发现自己精挑细选的词汇竟然如此轻易地被人误解，从而背离了自己的初衷。或者他所选的词语恰到好处地表达了他的本意，但是因为太过于字斟句酌，所以会让他看起来有点刻板而且很不自然。

对于作家来说，此时真正的麻烦并不是他不能在心中构设小说里的场景。因为如果他在场景构设方面存在问题的话，他是不可能写出任何内容的。作家所面临的真正难题是，当他在构设了故事场景并记载下一部分内容之后，他突然变得很不自在并且开始自我怀疑。梦境犹如天使一般，它反映了作家内心深处永恒的孩子般的灵魂，而做白日梦的人更看似不受时间限制。作家体内掌握打字或书写机能的部分，出于人之本性选择了某一个词语而非另一个词语，其具有容易犯错并且容易焦虑和感到羞愧的性质。在犯了一个又一个错误之后，隐匿于其体内的动物本性使作家开始感到焦虑和不安，同时又渴望着能够被内心深处的天使所拯救——然而事与愿违，在圣者面前他会感到羞怯，而翘楚们则又让他的内心充满了恐惧。

到目前为止，我所说的内容都将语言视为顽固对抗的媒介，犹如一团将被塑造成为某种形状的黏土，或将要被打上印记的铅块。然而事实上，语言在创造过程中也起到了相当积极的作用。毫无疑问，有时候作家确实有想要表达某种意思的冲动，然而在经过一番搜肠刮肚的思量后，最终找到了那个等待被他使用的最为合适的词语。可能更为频繁的情况是，语言在作家还没有形成任何想法的情况下主动给予其灵感。类似情况在诗歌创作中出现的频率较之在散文中出现的频率要更高一些，然而在此我将尽力解释语言在这两类体裁中的运用。我们先来看一首我自己创作的诗歌，当然我之所以这样做，并不是想证明自己在诗歌创作方面的才能，而是因为在我看来，这首诗确实是一个合适的例子。更为重要的是，我对这首诗歌的形成过程了如指掌。

可爱鬼魅的深蓝色龙胆草，
花瓣内壁犹如斑点状蛇皮，
形似号角，
适合天使嘟起坚毅的嘴唇来吹响，
在世界末日来临时召唤蚂蚁和蜜蜂，
什么样的罪恶如此微不足道，
你是否愿意让人留意，
可爱鬼魅的深蓝色龙胆草？

我不想过多赘述自己在试图写下这首诗之始所犯的各种错误，只想解释一下我的定稿之所以会如此的原因。授课任务繁重，加上大量和小说创作无关的工作（包括写这本书在内），使我无暇进行小说创作。我决定写一首有关花的诗，因为我打算日后出一本有关花的儿童诗歌集，正好可以搭配我的另外一本有关于动物的儿童诗歌集。我找到了一张深蓝色龙胆草的图片，然后凝视许久，想象着别人会发出怎样的感慨。端详着这张图片，我能够想起来的最为重要的事情便是：

这种花很漂亮，它貌似很不吉利，像是噩梦中闪烁着的那一抹深蓝。我搜肠刮肚地寻找合适的、忧郁的节奏以及词语，然后就想到了这首诗的第一行。很显然，此处的忧郁稍显造作（花朵通常并不适合被用来创作真正恐怖的作品），因此我便选择了“可爱”这一词，而该词并不会被人们严肃地对待；而“鬼魅”这样的词较多地被孩子们使用，并且在此处形成突然向下的扬抑格，从而引发出一丝帐篷里给孩子讲鬼故事的气氛。也正是这种半真半假的肃穆气氛让我决定把“龙胆草”这一词的首字母大写，借此赋予它一种消退了的怀旧情怀、浪漫主义的特质（如果并非天真地执着，浪漫主义根本没有任何意义，正如像威廉·布莱克这样的浪漫主义诗人有时所理解的那样）。

当第一行尘埃落定之后，我便再次观察这张图片，想要找一些有关第二行的启示——除此之外，我还能说点什么呢？尽管押韵的可能性受到了一点限制（这行必须和已有的一行的尾音听起来一致），但是我很快便想到了第二行中所要陈述的怪异现象，也就是这朵花的管径处有类似蛇皮的光滑的斑点纹路。然而我很快便意识到“蛇皮”和“龙胆草”正好押韵，或者至少对于政府文件来说，这样的押韵是可以接受的。为了能为“管径”找一个稍显庄重的扬抑格词，经过短暂的思量后，我想到了“内壁”这个词，至此第二行也成形了。再次审视图片想找到可以论说的内容，我注意到这朵花最显著的特点便是它的外形酷似号角，然后我便把这个想法记录了下来。接下来又该说点什么呢？也许应该假想一位吹奏号角却又同样有着不祥征兆的人（为了能够和我目前的选择保持一致）。如果我在前面提到这朵花的形状像一个铃铛，那么虽然这个比喻也很合理，但是我可能就不会想到需要一位小小的演奏家这个角色了。我儿时对宗教的印象——每次这个话题都会使我局促不安——一如往昔地再次拯救了我，我想到了吹响号角的末日天使。经过多年的历练，我不需要停下来进行思考便可以知晓每个小说中的人物都需要精彩的演绎，我选择了能够让我的天使很具有个人特点的词语（“嘟起坚毅的嘴唇”，这位末日天使正在履行自己的职责，并不只是徒有虚名）。根据剧情的发展我们很自然就会想到接下来的问题：这位天使神情如此专注，那么他所面对的又会是怎样的人或事呢？小孩子吗？答案就这么轻易地出现在了我的脑海里：我在创作的梦境中看到了某种小虫子（它们是花园这个微小世界的原住民，也是花儿的天敌）。我之所以选择蚂蚁和蜜蜂这两种昆虫，部分原因是：在我看来，这类生物与生俱来就令人生厌。此外，“蚂蚁”（ants）这一词语读起来就会让人觉得生硬且厌恶，尽管“蜜蜂”（bees）这个词语读起来并没有令人不适，但是却也具有类似的效果，尤其是当你把“蜜蜂”（bees）这一词语的复数后缀/z/用力发出声音的时候。现在我已经写了一段貌似比较庄严的语句，而这些句子采用了较为老式且容易辨认的说教式文学创作手法。从这样的场景中，我又能够得到何种严厉的教训呢？我忽然觉得这样的问题有点荒诞，也许整个说教式的创作传统都会有那么一丝荒诞的嫌疑，我们只是在借用这样的创作来欺负年轻人罢了。因此这首诗歌需要一个诙谐的说教式的结尾——和谐的韵律、故作正式并且宗教味较浓的“你是否愿意”以及如牧师般矫作地在诗歌的末句与首句之间使用了呼应的手法，而我对于这种表现手法特别满意，因为根据传统的宗教观念，末日的降临使得基督教历史变得完整。

为了避免我的主要论点在细节论述之后被遗忘，我在此重申一遍：语言不仅可以用来创设小说般的梦境，并且还能协助其形成。在我开始创作这首诗歌之际，我根本没有想到这首诗中会出现小天使、末日、蚂蚁和蜜蜂这些事物，当然也没有料到，这首诗的最终风格会是成年人用来对孩童说教的寓言。

诗歌的自我创造过程较之短篇故事和小说来说更为明显一些。因为，如果没有任何有关情节的概念，即使并非绝对不可能，作家也会很难写出短篇故事；尽管写作计划并不确定，但如果不经过精心构思，想要写出一部小说更是难上加难。不过，我刚刚描述的与诗歌创作相关的内容确实会不止一次地出现在小说的创作过程中。在我创作《十月之光》这部小说接近尾声的时候，我脑海里忽然出现了下面一段文字：

> 这两位古老的生灵四目相对，他们都不同程度地站立着——那头熊比面前的人站得更直一些。这位老人束手无策，毫无反抗之力，他的双腿极度虚弱，以至于他根本没有办法一跃而起去捡拾自己的枪，更别说撒腿奔命了。他的心跳剧烈，因此他的喉咙像打了结般发不出一丝声音。每每回想起这段经历，他总是会想象那位提康德罗加堡战役中被伊森·艾伦的气势所压倒的英国人的感受。当那位英国人抬头望向位于悬崖边的城墙时，他看到了微弱晨曦中、朗朗星空下如巨石般强壮的伊森·艾伦。而这位英国人只是芸芸众生中的一位名叫詹姆士·佩吉的普通人而已。正如大力神一样，伊森·艾伦降生于世也是为了能够向人们展示非一般的能力。而这头体格巨大的老熊也浑身散发着傲人的气势、

喘着粗气，审视着面前的这位老人，它不确定到底发生了什么事。整整一分钟的对峙之后，这头熊还一动不动地站着，仿佛在思考面前这位老人究竟从哪里来，又怀着怎样的目的之类的问题。之后，它又放下两只前掌，再次四脚着地站在那里。然后，转身朝向蜂箱的方向，开始吃起蜂蜜来，仿佛全然忘记了詹姆士的存在。詹姆士努力想要将枪拿到手，尽管他的双腿虚弱打颤，但他仍然成功了。这头熊回转身来，从喉咙深处发出一声低闷的吼叫，却又接着低下头继续忙着吃蜂蜜。他的双手剧烈颤抖着，詹姆士费力将枪举起，将枪口瞄准了熊的后脑勺。然而，接下来发生的事情他根本记不清楚了。就在他正准备扣动扳机的一刹那，枪口却被莫名的东西向上抬起指向了天空——当然很有可能是他自己的胳膊。他冲着天空鸣了一枪，就像是在对入侵的盗贼发出警告一般。而正在吃蜂蜜的熊则被他的枪声给惊得跳了起来，竟然也开始像詹姆士一样浑身发起抖来，接着它便抱起一堆蜂巢，撒腿逃跑了。

对于这一段内容的构思过程，我必须简单扼要地来进行分析。由于我稍显自虐的工作风格，修改这样一个简短的段落大概会花上几周的时间。先交代几点背景知识：在整部小说中，这位名为詹姆士的老人在潜意识中都或多或少地将这头熊和超现实的存在联系在了一起，死亡或者是某种天谴，这种力量是任何人都难以匹敌的。尽管并没有最终冲突，但是他却一直相信，如果能够拥有像英雄伊森·艾伦那样坚定勇气的话，他便一定能够脱险。在他生命的大半历程中，他一直相信自己就是那样的英雄。然而直到最近他才了解到，自己执拗的卑劣行径和对于英雄行为的误解正是导致亲生儿子自杀和其他悲惨事件发生的原因。这样的观点很显然地主导着该段落的发展，而故事的叙述也穿插着詹姆士的主观意识。

本段内容主要是对一场小说般梦境的简单记录（身体前倾的熊和一位老人；斜靠在洞口的一杆枪，超出了老人伸手能够触及的范围；熊的双眼充满了迷惘）。不过语言的使用却能够使故事色彩斑斓并且决定了故事的发展。称呼故事中的熊和人为“古老的生灵”，使其具有了不同于“一位老人和一头上了年纪的熊”这样的表达方式的内涵：对于我这样一位经常教授史诗类课程的教师来说，“古老”会让人联想起古希腊（因此，很快大力神赫拉克勒斯就会出现在故事中，而他的出现则让我们记起了《荷马史诗》的中心思想，即众神为完美的人类制定了标准，而这个标准在人间的完美代表是阿喀琉斯，并且通过史诗诗人、缪斯女神等的记载或史诗传唱的方式得以世代传承）；而“生灵”一词根据其词根意思（指上帝创造之物）又使我联想到一系列和前文描述稍显对立的观点：老人和看上去充满了神秘色彩的熊均为平凡生灵，他们都极其脆弱和不幸。从而最终形成所有的人类英雄主义都是错误幻象的观点。（因此，几乎毫无事实依据但却广为流传的佛蒙特英雄伊森·艾伦的传奇故事，会出现在詹姆士的臆念中。尤其是那则关于伊森·艾伦在几乎烂醉的情形下，带领一队印第安人翻越几乎高不可攀的提康德罗加城墙，使英军守卫惊愕不已的传奇故事。）而我在文中提到的有关熊和人相对竖直站立的姿势以及人所表现出来的无助，一方面是出于营造生动独特的场景的考虑，另一方面则是源于语言学角度的思考。为了描绘出局势的紧张状况，尤其是詹姆士惊慌失措的心情，我需要一个有一定的长度并且行文紧凑的句子：和心境相符的行文节奏能使人想到合适的词语，内心审视这样的场景，我需要怎样才能写出一个让人身临其境的句子呢？当我想到“直立”这个词语时——深知在和充满了神秘色彩的熊相较之下这位老人内心的自卑感（身体和精神上双重的），我认为这个词语还具有“正直”的内涵，例如“正直的行为”。因此，他的无助便又包含了这样的言外之意：谁能够在终审法官面前为自己辩护？他内心的无能为力之感使我（因为我是一位中世纪历史研究家）想到了人们常用城堡来意指天堂。而这个城堡马上就有了提康德罗加堡这样一个具象，它好似不知从哪里冒出来一样高耸于峭壁悬崖之上。之后“巨石般强壮”的伊森·艾伦“居高临下”的形象便跃然纸上。基于对梦幻场景的详细描述，我在此使用了“微弱晨曦中、朗朗星空下”这样的语句，然而根据小说的深层内涵，故事便会按照下面的脉络继续发展。小说从始至终将十月天空中耀眼光明的描写和人物内心对于自己人生终点降临这一事实的清晰了解相联系。这位名叫詹姆士的老人一直以来都对自己所持的看法深信不疑，然而现在，在他了解了自己的过错以及知道自己只是一个普通人而非英雄或神灵之后，尽管他已经来到了生命的终点，然而他的内心却再也无法自视高贵，相反他认为自己的内心是龌龊可憎的：此时圣洁的天空其实是对他这个人的一种诅咒（而这样的形象当然也部分源自历史故事中伊森·艾伦的角色——乌合之众的首领以及烧杀劫掠的匪徒，因此他说话不会经过字斟句酌）。此刻，当詹姆士近距离观察这头熊时，他越来越意识到这种生物的灵性。如果它是大力神——史诗中代表天意的神灵，它已然忘却了自己所要传递的信息；正如一位凡人偶遇了一位神灵，它不知道詹姆士到底从何而来。在接下来的语句描述中，这头熊变得越来越平凡如常，就像詹姆士一样只是一个生长于凡间的动物而已。

我想清楚地表明：通过以上的对段落的形成过程进行的分析，我并不是想暗示敏锐的批评家应该或者能够指出作品中语言的妙用和观点的变化。因为故事中的很多内容都和个人的阅历相关。譬如，我能够迅速地将提康德罗加堡和“巨石般强壮的人”联系起来，而其他如大力神的形象以及荷马的史诗人物就小说的中心大意来说意义甚微。我之所以进行上述描写分析，只是为了说明词语的选择会相互影响，以及语言的使用是如何影响故事发展的。当作者发现故事写不下去的时候，并不只是因为他没有办法用合适的语言记录下自己所创设的小说场景，而且还有可能是因为他的意识跟不上其语言流的速度，不能够根据他的语句所表达的真实含义而及时改变自己的想法。他如同一位潜心于自己内心想象的雕刻家一样，不愿根据石材的纹理做出让步或进行修改。

作家应该怎么做呢？只要作家的语言功底深厚，那么在我看来，答案只有一个：一定要有信心。首先，我们需要认识到：写作艺术比任何初学写作的人一开始所想象的都要困难得多，然而，任何愿意为之付出努力的人最终都掌握了写作艺术。优秀的创作需要大脑同时进行多种加工，不过在写作初期，我们需要化整为零，一次只需侧重众多加工活动中的一种即可：简要地写下想要表达的意思；认真地分析所使用的词语，看看它们究竟想表达什么意思（或者拒绝表达什么意思）；然后再思考用什么方式能够让这些语句不去表达我们不希望它们表达的含义，以及不管这些语句究竟表达了什么意思，怎样可以让它们为我所用。其次，一定要相信适用于其他人类活动的准则同样也适用于写作。当我们学习骑自行车时，我们必须要学会掌握方向，学会保持平衡，学会蹬脚踏板，学会在不摔倒的情况下停下来——不同的动作需要不同的关注点，最终它们将会达到和谐统一。

作家的信心之源又是什么呢？正如我们所看到的，作家的信心部分来自于写作团体的支持。朋友不断的鼓励能够让作家轻易地创设小说场景，并且能够轻松应对运用和鉴赏语言的苦闷工作。当然，作家的信心还来源于自己对写作艺术无私的热爱——写作所带来的愉悦，不管是他人的还是自己的作品，都能够让他暂时忘却自身的不足。这也就是为什么在我们写不下去的时候，可以去读一下自己最喜欢的作家的作品。如果资深作家的梦幻世界以及其作品中语言的妙趣横生在我们的内心泛起涟漪，那么我们自己创设场景以及遣词造句的能力也会因此摆脱禁锢。接下来我们开始自行写作，如果我们所创设的场景足够强大，而我们头脑中的语言也表现得足够配合的话，那么第一稿中的错误，犹如墙角的苍蝇般对我们的写作过程并不会带来太大的困扰。这些错误尽管存在并且惹人心烦，但只要作家专心致志于自己手头的工作，并且深信自己所付出的努力肯定不会白费，那么这些错误便不会让我们困扰不堪。

鉴于作家不能专心创设小说场景以及灵活变通地应对语言内涵的原因归根结底是源于顾虑或者是内心的自我否定，那么所有打消顾虑的传统做法都可以用来解决问题——自我催眠、打禅、醉酒、抽烟或是恋爱。当然，如果没有勤奋工作以及偶然取得成功的刺激，那么所有这些方法也都将无济于事。

关于自我催眠，我在此多说几句，这种方法有时候在我身上是有一定效果的（除非我只是在愚弄自己，当然有时候我也有可能会这样做）。最简易的方法便是坐在一把有舒适扶手的椅子上，最好是在一间光线较暗、周围十分安静的房间里，你的双臂平放在扶手上，语气坚定地告诉自己（结果证明是合理的），尽管你不活动自己的任何一块肌肉，但是你的手和前臂将会抬起来。此时你需要集中注意力，不去移动自己的胳膊，但是不要试图拒绝将会发生在你胳膊上的任何变化。同时你还需要坚信，你的胳膊肯定会抬起来。接下来你很快便会感觉到自己的手变轻了，最终，尽管没有意识的驱使，你的胳膊也抬了起来。神奇！催眠过程中胳膊能够抬数小时，你都不会感到任何不适，然而有意识地举几分钟都会感觉到酸痛。在这种轻度催眠状态中，你需要给自己一些积极的（绝对不要是消极的）建议：今天晚上我将会轻松地写作，或者今天晚上我抽烟的欲望将不会特别强烈。大多数人都发现自我催眠确实有效。较为深度的自我催眠，或者形式更为复杂的催眠手段有可能会给我们带来更多的益处。如果这种方法不起作用的话，不要介意，在灯光昏暗且安静的房间坐上半个小时有利于我们的心智发展。

2

在极端情况下，我所描述的顾虑会致使作家陷入写作障碍，而此时的失败更多的是因为意志而非信心。备受写作障碍之苦的作家能够构思出不错的情节和人物，或者说他能够想出不错的故事开头，而这也是每一位思维正常的作家所需要的，但是他却没有办法说服自己去相信：这样的故事开头值得写下来并且能够以此来展开故事。他告诉自己，这样的工作以前都做过了，但却无济于事。经过百般努力之后，如果他真的在纸上写下了寥寥几句话，他也会认为这些语句糟糕透顶。事实上，有关小说创作的柏拉图式的完美想象不仅对作家创作真正有难度的文稿产生了负面影响，同时也毒害了作家的眼睛，剥夺了他将粗糙难懂的文稿修改成有文采的作品的能力，也破坏了作家创造艺术的可能性。

作家所面临的问题可能部分是源于自己的鉴赏方式：当他知道自己的创作并没有达到自己应有的水平时，他的朋友们则主要会鉴赏那些在他看来较为乏善可陈且华而不实的部分。无法继续写作的作家大都是因为他认为：自己写出来的东西根据个人的标准评判都不够优秀，而且身边好像没有人和他拥有相同的标准。此时的他便陷入了窘境：因为喜爱优秀的小说，所以他才走上了写作之路，然而他也因此极其厌恶自己所创作的、有瑕疵的作品（几乎所有作品的第一稿都有瑕疵），而他认为没有人在乎真正优秀作品的想法也使自己失去了写作的动力。这种不满在天赋异禀的作家中更为常见。因被动的“创新”思维作祟，他发现自己所有的作品都不够新颖。事实上，他忽视了这样的事实：创新通常是通过勤奋工作实现的，它并非一种自然状态。粗看一下霍桑的首部小说《范肖》或梅尔维尔的早期作品，对你个人关于创新的理解都将非常有意义。

作家的另一个写作障碍——更为严重的一类——主要源于对于成

功的追求，而非对于优秀作品的渴求：过度地想要取悦爱慕者的需要（想要被爱戴）；证明自己强于他人（想要成为超人）；通过反对一些心理疾患的喧闹而证明自己存在的价值（想要被救赎）。无论付出多少努力，我们都无法解决这位作家所面临的问题，因为他所创作的作品肯定无法满足其潜在的真实需求。

在有些情况下，作家所面临的写作障碍可能真的无法治愈。然而有关这一点，我们多说无益，因为谁也没有办法保证，治疗对于所有的病症都会有效。对于所有作家面临的问题，通常来说，好的办法便是作家本人需要从心理上认识清楚究竟是哪个环节出了错。他可以自我分辨，也可以找受过相关培训的人帮忙。此外，作家还要清楚尽管他所面临的问题很不寻常，但那也绝非闻所未闻。在特定情况下，下列的某一条或某几条综合评论会对解决作家的写作障碍起到帮助作用。

作家应该不断提醒自己有关这部作品创作的初衷：辛苦工作、修改以及不断改进，然而首稿却仍然难逃糟糕至极的厄运——除了在劳苦工作的日子里，自己不再犯明显的错误了，感受到各种可能性带来的兴奋之情以及因为一段新的感情而感到狂喜。在经历了写作最初的困难之后，作家们往往都会认为事情会越来越容易的。然而大多数的情形却并非如此。当我们学到了越来越多的技巧，我们会发现自己所肩负的任务会日益加剧。形势非但没有变得容易，我们反而觉得愈来愈举步维艰；从某种程度上来说，我的个人经历便是如此。作家渐渐地对自己有关故事的想法以及自己所写的东西失去了耐心，他便会忘记小说真正的写作过程。

小说，如雕塑和绘画一样，无一例外都始于一个模糊的轮廓。我们将故事中的人物以及他们的行为用某种方式记下，但内心深知这些句子都要经过后期的修改并且故事中人物的行为也会发生变化。此时的轮廓无论怎样粗糙都没有关系，因为轮廓本身不可能是优雅完美的。真正起到关键作用的是：在一遍遍对轮廓进行雕琢的过程中，作家好似有很长的时间可以对作品进行精雕细琢，此时修改了这个句子，彼时修改了那个句子，并且他也留意到了修改后的句子所带来的变化。同时在这个过程中，故事中的人物以及他们的行为在作家的头脑中愈加清晰，而作家也因此对人物所面临的问题以及所怀有希望的内涵有了越来越深刻的了解。创作小说不同于智慧女神雅典娜的诞生，它不可能是一蹴而就的。只有通过不断的写作和修改，我们才能创作出一部新颖且意义深刻的作品。我们不能提前判定有关故事的想法是否值得展开，除非将整个故事完成，我们才能清楚了解这个想法究竟是什么；同样，我们不能基于故事的第一稿来判定作品风格，因为故事的风格在第一稿完成之际往往并不存在。

有时候当我们实在忍受不了自己正在创作的故事或小说的时候，尝试着写点别的东西可能会有所帮助——另写一篇故事或小说，或写几篇文章发泄一下，或者随便写写画画，打发时间的同时又能提升写作技能。清除写作障碍的最佳办法是多写多练。当我们在纸上奋笔疾书但却不知所云的时候，我们会突然对自己正在写的某个观点有了兴趣，然后便会看到文字从笔尖自然流淌出来。通常这种方法对于社论的写作很有帮助，因为社论的写作允许作家对他最为感兴趣的内容进行创作，这样他便能摆脱所谓的成就感的束缚，激发作家形成一种更为自然、更加具有个人特点的写作风格。几乎所有偏离令人生畏的主要工作的活动对清除写作障碍都是有效的。就我个人而言，多年来我所采用的方法便是某天完全不去想自己正在创作的严肃小说。500 页的小说初稿被我搁置在书架上，它如骷髅头一般注视着我。至少在我看来，其他方法都没有这个方法有效果。我随意地翻看自己想看的任何书籍。

因为作家的写作障碍大多是由外因——缺乏有用的鉴赏、形形色色的社会压力、尽管严厉但却看似很有道理的批评——造成的。因此除了改变自己，作家几乎无计可施。认为朋友们缺乏鉴赏品位，尽管可能你的看法是正确的，但是对于作家来说，这样的想法毫无益处：你会因此变得骄纵自怜，再也不能扮演一位好朋友的角色，而你的内心深处也会因为自责而备受折磨。一种解决方法是努力交一群更好的朋友，而另一种解决方法是尽力使自己成为一个更具宽容之心的人。如果作家能够做到第二点的话，这将大大提高他再次开始写作时成为一位优秀作家的几率。尽管心胸狭隘的人偶尔也能写出优秀的作品，但是他的成功之路将会困难重重。

不过，对付写作障碍最为有效的方法便是不要遭遇到它。确实，有些作家从来没有碰到过写作障碍。从理论上来说，作家其实没有理由遭遇写作障碍。在作家看来，写作只是写作而已，我们不必因为写得不好而深深自责，也不必因为写出了优秀的作品而狂妄自大。如果孩子可以毫无障碍地搭建起一座沙滩城堡，牧师可以不受圣灵打扰而为病人祈祷的话，那么享受写作并且为之感到骄傲的作家便不应该为写作障碍所困。遗憾的是，天下无易事。因为作家必备的品质便是导致写作障碍的部分因素：极度敏感、固执、贪得无厌等。综合作家们所特有的怪异特质，难怪他们找不到解决写作障碍的方法。

作家之所以会遭遇写作障碍，大多是因为他们认为自己做的事情不对；或者尽管他们做的事情是对的，但是自己的表现很糟糕。正如我前文中提到的，如果小说的创作目的不单纯的话，那么这个作品可能就难以实现作者的创作动机，因此便会给作家带来写作障碍。不过，小说创作的动机并没有对错之分。至少在有些情况下，优秀的作品之所以能够诞生，主要是因为作家想要被爱、复仇、表达内心憎恶或者发财等。对于艺术创作来说，没有哪一种动机是低俗的，因为最终我们所评价的并不是创作动机，而是艺术创作本身。

而对于写作方法错误而言，小说创作几乎没有所谓的方法错误之说。对于某位特定的作家来说，只是某种方法更为有效，而另一种方法则效果差一些而已。一些深受尊敬的作家们在写作的时候，往往只是把脑海里涌现的内容都一股脑地堆砌到纸上，之后再对这些内容进行筛选、整理以及重写等加工，直到这个故事的雏形初现；而另一些作家则会较为审慎地制订写作计划，只要故事中的人物发展顺利，他便会尽可能地按照该计划进行创作。在创作时间上存在这样一条普遍的规律：比较理性的作家，如纳博科夫，通常比较适合在早上进行创作；而对于比较感性的作家而言，在晚间创作他们可能会感到更为舒适。有些作家可能会利用小卡片进行写作，每张卡片上写上一句话（在我看来，这种方法比较疯狂，但是包括纳博科夫在内的写作大师们却也曾经使用过这种方法）；而与之相比的另一个极端情况便是，一些作家会在放置了厚厚一卷轴纸的打字机上进行创作，在整个写作过程中，他们不必为换纸而烦心。有些作家会从早上开始写作直至深夜，除了保持身体正常机能外，他们一直笔耕不辍，根据方便程度随意更换写作工具，在心绪最为疲倦的深夜开始一幕新场景的创作，待到第二天早上再对这一部分进行修改，冷酷的知识分子最适合在这个时间段进行创作。有些小说家只是专注于小说创作，偶尔也有可能写一篇游记；而另外有些作家则会进行各种类型的创作——戏剧、诗歌、短篇小说，甚至有时会撰文评价美国政府的外交政策。

任何方法都是行得通的。然而对于那些不知该如何开始创作以及从哪里开始创作的年轻小说家，我的建议如下：如果你在小说创作上存在困难，那么先暂时去写短篇故事。通过创作短篇故事，我们能够从内心深处轻易地发现并理解故事讲述的基本形式。这种体裁比较短小，所以我们能够掌握有关其创作的基本概念——一个事件如何导致另外一个事件的发生（不过事件的发展顺序可能会因为使用了倒叙或其他不寻常的叙述手法而变得不太明显）；如何用戏剧化的手段展现人物的行为动机，而不只是单纯进行叙述；故事场景、故事人物以及人物行为又通过怎样的方式相互影响、彼此支持以及相互触发呢；故事情节的发展节奏又该如何掌控才能够使故事的紧张形势逐级上升以至于达到高潮呢；采用怎样的结构来组织故事的叙述，才能够让每一部分都具有存在的价值，而不会只是突出某一段落；故事风格、情节和意义又如何最终融为一体。

在短篇故事的创作过程中，小说也是如此，我们每次要着重处理一个问题（对于部分作家而言，我所给的建议可能更适合作品初稿的创作；而对于另外一些作家来说，这样的模式可能会在其开始创作的时候阻碍其思路的顺利发展，但是在改写阶段却会非常有帮助）。把每一段简短的叙述内容当作一个完整的部分来看待，尽可能将其完美化；继而再进行下一个部分的创作，譬如一段对话，但也要尽可能地使这一部分达到完美。然后再单独对待稍高级别的每一部分，如构成一个故事情节的每个场景，每个场景都应达到熠熠生辉的程度才能罢休。正如单口相声演员一样，他们对每个笑话都尽可能地打磨，使其能够呈现最佳效果（每个笑话都有其适当的语音、说话时机、表情变化以及恍然大悟）。通过对作品的每个组成部分进行精雕细琢，那么这个故事不单单从整体上来看是一部优秀的作品，同时也能够从头至尾持续地引人注意。课堂上所做的写作练习也表明：如果只是应对一个小问题的话，几乎所有的作家都能够做得很好。作家只有在不知所措的时候才会表现得像个业余人士一样。将篇幅较长的故事化整为零，确保自己理解每一部分的功能（每个故事都像有着很多零件的机器一样：机器不应该有不起任何作用的零件），当故事的每一部分都处理到位之后，退后一步，从整体上再来审视一下该作品。之后对故事进行修改，直到故事脉络的发展如小河流水一样顺畅，故事的每一部分都彼此相互交融，两年后甚至连你自己也找不出每一部分的边界了（如果分步骤写作给你带来了困扰，那么就不要使用这种方法。一些作家比较适应连续写上很多页之后，再回头对该部分进行修改；而另外一些作家则要完成整篇文稿的创作之后，再从头至尾对整部作品进行修改。这是一种比较糟糕的方法，不过如果这是你唯一的创作方式的话，倒也无所谓）。我想要表达的真正意思是，按照适合你个人的方式进行创作，身着晚礼服创作，穿着雨衣在花洒下创作，或是在丛林深处的山洞里进行创作也都未尝不可。

当你写一部小说的时候，首先制订一个写作计划——精心设计的情节大纲、有关人物和场景的几点笔记、特别重要的事件以及故事所蕴含的意义。根据我个人的经验，很多年轻的作家不喜欢这一步工作，他们宁愿一头扎进去直接开始故事的创作。这种做法也无可厚非，然而作家早晚会发现，必须要弄明白自己正在写的内容才能够继续下去，除此之外，别无他法。你也可以考虑为自己写一份电影界所谓的“电影梗概”，用叙述的手段简要地介绍整个故事内容，其中会涉及所有的人物以及事件，但是对包括对话在内的一切细节都省略。认真地研究并修改故事梗概，直到故事情节发展具有了必然性，你将会发现此时自己对于故事所蕴含意义的理解较之单纯地写出一个大纲要清楚得多，从而能够为自己节省更多的创作时间。对于另外一些作家来说，写出一份详细的作品评价可能会更有用——而到目前为止，这样的文本只存在于作家的脑海中。这样的做法存在明显的危险：通过这种方式写出来的小说可能会有很明显的研修班模板的痕迹，内容太有条理而无法感动人或使人信服。

在真正开始着手写作之前的最后一个步骤，应该是将故事情节按照章节进行划分。正是在这一步的工作中，作家清楚地了解到哪些信息对后文的理解至关重要，所以应该放在第一章中介绍，而哪些内容应该放在第三章中等。显然我们不能用 60 页的内容来介绍故事发展的背景。创作小说犹如用机器研磨谷物一样：我们必须要让核心部件进行运转，然而再逐步向内添加背景知识，如果在能够保证不伤害自己手指的情况下，我们也可以用稍大一点的工具向里面添加材料。对于有些小说而言，故事背景的创设比较简单；而对于另外一些小说而言，故事背景的创设简直就是一场折磨。在类似《戈兰德尔》这样的小说中，读者们需要知晓下列背景知识才能够理解故事的发展：戈兰德尔是一个怪兽；他居住在山洞里，而他的母亲又哑又傻；他憎恨自己兽性的一面；他被人类神秘地吸引，而对于人类他如饥似渴地进行研究，想要与人类为友，但是却也会蔑视甚至偶然弑杀人类。所有这些内容都可以很轻易地在第一章内容中得以呈现。

然而另一方面，如《米克尔森的鬼魂》一书中的背景知识介绍却会使作家崩溃。该小说讲述的是一位著名的哲学家，在事业发展的过程中，突然发现迷失了自我（如但丁一般）。他觉得愧对自己的妻子和家人（他的妻子已经离他而去了），感觉背叛了自己的初心，同时也愧对自己身为威斯康星州路德教教友的身份。因此，他不再关心自己的学生，也停止思考任何和哲学相关的问题，他对民主也失去了信心和希望（并且还欠下了大笔税款），他蔑视自己执教的大学以及居住的淳朴小镇，他有足够的理由相信自己已经失去了自控能力。他买了一座位于乡下的年久失修还闹鬼的大房子（如果他相信自己的智慧的话），从而把自己与工作圈子完全隔离开来，他发现自己深深地陷入了以前连做梦都不曾想到过的罪恶中——半夜倾倒有毒垃圾、研习巫术、深山老林里嫖娼、一系列神秘的谋杀等（在此我不必介绍故事的所有情节和结局）。

对于此类小说而言，比较简单的方法便是从故事比较靠后的阶段开始创作，譬如，从他婚姻破裂的那一刻开始，然后再将哲学家所面临的困难用戏剧化的方式一一介绍。而该方式的问题在于这并不是故事真正的开始。故事真正开始于彼得·米尔克森选择逃离的那一刻——购置位于宾夕法尼亚州恩德莱斯山中的一座破旧不堪的房子并且不再理会自己曾经相信且深爱的一切。换句话说，驱使小说向着危险道路发展的并不是米克尔森的厄运（背景信息必须要对此内容进行交代），而是他主动做出来的选择和决定。如果小说以故事真正的开始往后发展，那么在第一章进行到尾声的时候，米克尔森至少应该已经确定了自己打算购买房子的方位，那么我们便必须了解他为什么要购置这座房子，以及这桩买卖对他又意味着什么——必须了解他为什么讨厌和其他教授们一起住在城里；也必须知晓他为什么觉得自己比周围的人更有优越感，而这一点则需要有较为戏剧化的强有力的证据来说明；为什么聪慧的学生也会使他气恼，一如哲学书籍和讲座；为什么他又会觉得自己是一个失败者（他的家庭情况、以前的事业状况以及当他在常青藤联盟时所居住的房子又是怎么样的）。此外，我们也必须了解为什么他担心自己会疯掉（我们必须看到那些深深困扰着他的行为）。在本章中我们必须有机会观察到（而不单单只是听叙述人的叙说）米克尔森身上的暴力倾向如何能够使他完全将自己与周围环境隔离，而这种不良倾向在故事的后续发展过程中将会致使他做出更卑劣的行为。然而在以上所有内容的介绍过程中，我们不能削弱米克尔森实质上是一位聪明人的可信程度，也就是说，他确实是曾经在常青藤盟校执教哲学的一位教授。

尽管从一开始我便已经（多多少少地）了解了我所面临问题的本质，但是我却不能说自己是依靠个人智慧找到了解决这些问题的方法。不过，我了解在平均长度为三四十页的章节中（较长的章节比较适合节奏缓慢的故事），我所制订的写作计划使我在第一章节只能介绍米克尔森所面临的主要问题，使每个问题之间呈现鲜明对比，然后将问题的发展留在有机会进行内容穿插的后续章节中。另外，我也知道自己同时必须创设几个影响力较大的场景，节奏足够缓慢（尽管富有戏剧化和能动性），从而给米克尔森的内心带来极其巨大的变化。谈及力量或情感能量，我将不得不依赖米克尔森的性格特点来做文章——易怒但却强压不发、自我怀疑、几乎失控的愤世嫉俗、经常会招人反感的敏感情绪（不过最后往往会用自己的智慧扭转乾坤），以及对冷嘲热讽的激烈反应。对于这个人物的刻画，我必须使用自己力所能及的最好的行文来支撑：庞杂繁复如同举重运动员、大学足球队的明星球星、疯癫的哲学家。

现在回想起我对第一章以及接下来两章内容的数度修改，仍使我心有余悸。之所以会将这三章内容合并处理，主要是因为它们介绍了所有需要后文展开叙述的主题和背景事件。当然，同时也跟进了故事当下的发展（至第三章结尾处，根据他在深山里周围邻居的介绍，他已经知道了自己所购置的房子闹鬼这一事实）。经过一年多持续不断的写作和修改，我最终才将这长达一百多页的前三章内容整理完毕，期间我见证了一个接一个的戏剧化场景被创造出来，精心打磨之后又被弃之不用。最终我选择了以下场景：（1）在这个大场景中，米克尔森在自己位于三楼的公寓里，因为温度较高而汗流浃背，这激起了他的怒气。之后他便离开家，在夜晚的街道上散步。一路上他目光艳羡地看着别人家的大房子，想象着住在里面的人的生活，以及相形之下自己惨淡的人生，他不禁对那些庸俗不堪的教授们（在他看来是这样的）充满了敌意，平凡如他们，其人生却比自己的要幸运得多——这个场景以米克尔森杀死了在人行道上对其狂吠的一只大黑狗而告终。(2) 这是位于大学校园里的一个场景，米克尔森所在院系的主任——一个他极其讨厌的人物，用诡计让他承担了（本不是自己职责范围内的）一份咨询工作，也就是说，一个不怎么讨人喜欢的理工科学生想要转院系来学习哲学。(3) 这个场景展现了米克尔森因为愤怒而做出了在乡下买一座房子的决定，接下来他便开始不停地寻找，最终在山里找到了那座古老怪诞的房屋。之后在对故事进行细节化的展开过程中，为米克尔森的回忆以及具有讽刺意味的内心认知留下空间。而我最终也对这样的情景安排十分满意。所有这些场景一起将故事的发展按照直接的因果关系向前推进。而第一场景中的高潮则是在米克尔森将狗杀死的时刻来临了，而他也因自己的行为深感恐惧，同时我们也开始关注他的妄想症（尤其是他担心像主任之类的人正在观察并评论他的言行，此外他们还对自己所认可的失败人生妄加揣测）。在第二个场景中，那名令人不悦的理工科学生坚持要登记加入米克尔森的课程，而这也将此部分推向了高潮。这个事件导致米克尔森更加想要从校园逃离，但是他却又不愿意完全放弃自己的工作。在这些场景的发展中，我们可以通过对话或行为描述（有时候采用短暂的记忆闪回）的方式，将导致米克尔森陷入此情此景的主要因素罗列出来。

正如我前文所说，这些方法我并不是依靠个人智慧想出来的。我制订了一个写作计划，尽力做好并将其完善，但是最后还是没有按照这个计划进行写作。之后我又制订了一个接一个计划，但又将它们逐一否定。不过在循环往复之间，我会重新用上先前被废掉的计划中的某一两条。最后，我才终于确定了一个至少对于我个人来说可行的计划。除了极其简单的小说——在我看来这样的作品根本不值得创作，极为详尽的写作计划实际上根本行不通。原本打算用一个章节来叙述的内容结果却占据了两个章节的长度，然而因为小说的整体发展节奏不允许这样的分割，所以作家将不得不对整个计划进行整改。然而一个不完美的写作计划也比写作计划缺失要好得多。写一部小说犹如驾驶一艘小船向着无边的大海远航。如果你有个计划或设定了航行路线，那将会很有帮助。如果你偏离了航线，通过星星的指引可以找到一条新的航线。如果你没有地图，也没有既定路线的话，你将会因为迷了路而早晚需要借助星星的帮助。

当你制订好了不怎么成熟的计划之后，也许只是字迹潦草地在厚厚的且内页不断脱落的笔记本上随意记了几笔，也可能是用包肉的纸写了之后，整齐地粘贴在你房间的墙壁上。此时你已经做好了开始写作的准备——如果你还没有动笔，那么再返回至计划制订阶段，直到你迫切地想要提笔写作为止。如果你已经自身做好了各项准备，那么你便不需要别人再给你任何建议了。如果你已经花费时间去学习如何写出优美而又掷地有声的句子，如果你已经掌握了如何创设生动而又持续的故事场景，如果你足够大度，能够很好地对待自己创造的故事角色和想象中的读者，如果你仍然秉持着自己儿时的那些美德，并且没有降低自己所认可的文学标准，那么经过必要且辛劳的重复修改之后，你所创作的小说肯定能令你感到骄傲，而这部作品早晚也会得到别人的赏识，并且他会乐于将其出版（也许你会在出版了其他后来写成的很畅销的小说之后，才得以出版这部小说）。如果我在此书中所给出的建议你并没有采用任何一条，那么你也许也会因为异乎寻常的运气而写出一本能够让自己引以为豪的小说（小说之神从来不会受制于规则）。如果你很不幸地遭遇了失败，那么你的面前只有两个选择：要么从头再来，开启新的征程，要么就放弃。

最后我想说的是，真正的小说家从来不轻言放弃。小说创作并不像练习瑜伽那样注重一招一式，它只是寻常生活的另外一种表现方式而已。它所带来的益处类似于宗教信仰——心身的质的改变，这种满足是非小说家难以理解的，而此间的辛苦所带来的却大都只是精神上的富足。然而对于那些真正为这份职业而生的人来说，精神富足便已然足够。

创意写作书系

这是一套广受读者喜爱的写作丛书，系统引进国外创意写作成果，推动本土化发展。它为读者提供了一把通往作家之路的钥匙，帮助读者克服写作障碍，学习写作技巧，规划写作生涯。从开始写，到写得更好，都可以使用这套书。

综合写作		
书名	作者	出版日期
成为作家	多萝西娅·布兰德	2011 年 1 月
一年通往作家路——提高写作技巧的 12 堂课	苏珊·M. 蒂贝尔吉安	2013 年 5 月
创意写作大师课	于尔根·沃尔夫	2013 年 6 月
作家创意手册	杰克·赫弗伦	2015 年 1 月
与逝者协商——布克奖得主玛格丽特·阿特伍德谈写作	玛格丽特·阿特伍德	2019 年 10 月
心灵旷野——活出作家人生	纳塔莉·戈德堡	2018 年 2 月
诗性的寻找——文学作品的创作与欣赏	刁克利	2013 年 10 月
写好前五页——出版人眼中的好作品	诺亚·卢克曼	2013 年 1 月
写好前五十页	杰夫·格尔克	2015 年 1 月
从创意到畅销书——修改与自我编辑	詹姆斯·斯科特·贝尔	2016 年 1 月
来稿恕难录用——为什么你总是被退稿	杰西卡·佩奇·莫雷尔	2018 年 1 月
虚构写作		
小说写作教程——虚构文学速成全攻略	杰里·克里弗	2011 年 1 月
开始写吧！——虚构文学创作	雪莉·艾利斯	2011 年 1 月
冲突与悬念——小说创作的要素	詹姆斯·斯科特·贝尔	2014 年 6 月
情节与人物——找到伟大小说的平衡点	杰夫·格尔克	2014 年 6 月
人物与视角——小说创作的要素	奥森·斯科特·卡德	2019 年 3 月
经典人物原型 45 种——创造独特角色的神话模型（第三版）	维多利亚·林恩·施密特	2014 年 6 月
经典情节 20 种（第二版）	罗纳德·B. 托比亚斯	2015 年 4 月
情节！情节！——通过人物、悬念与冲突赋予故事生命力	诺亚·卢克曼	2012 年 7 月
如何创作炫人耳目的对话	詹姆斯·斯科特·贝尔	2016 年 11 月
超级结构——解锁故事能量的钥匙	詹姆斯·斯科特·贝尔	2019 年 6 月
故事工程——掌握成功写作的六大核心技能	拉里·布鲁克斯	2014 年 6 月
故事力学——掌握故事创作的内在动力	拉里·布鲁克斯	2016 年 3 月
畅销书写作技巧	德怀特·V. 斯温	2013 年 1 月
30 天写小说	克里斯·巴蒂	2013 年 5 月
弗雷的小说写作坊——让劲爆小说飞起来	詹姆斯·N. 弗雷	2015 年 7 月
弗雷的小说写作坊——劲爆小说秘境游走	詹姆斯·N. 弗雷	2015 年 7 月
从生活到小说（第二版）	罗宾·赫姆利	2018 年 1 月

虚构写作		
小说创作谈	大卫·姚斯	2016年11月
写小说的艺术	安德鲁·考恩	2015年10月
成为小说家	约翰·加德纳	2016年11月
小说的艺术	约翰·加德纳	2021年7月
非虚构写作		
开始写吧！——非虚构文学创作	雪莉·艾利斯	2011年1月
写作法宝——非虚构写作指南	威廉·津瑟	2013年9月
故事技巧——叙事性非虚构文学写作指南	杰克·哈特	2012年7月
新闻写作的艺术	纳维德·萨利赫	2017年6月
光与热——新一代媒体人不可不知的新闻法则	迈克·华莱士	2017年3月
自我与面具——回忆录写作的艺术	玛丽·卡尔	2017年10月
写出心灵深处的故事——非虚构创作指南	李华	2014年1月
写我人生诗	塞琪·科恩	2014年10月
类型及影视写作		
开始写吧！——影视剧本创作	雪莉·艾利斯	2012年7月
开始写吧！——科幻、奇幻、惊悚小说创作	劳丽·拉姆森	2016年1月
开始写吧！——推理小说创作	劳丽·拉姆森	2016年7月
弗雷的小说写作坊——悬疑小说创作指导	詹姆斯·N.弗雷	2015年10月
好剧本如何讲故事	罗伯·托宾	2015年3月
经典电影如何讲故事	许道军	2021年5月
童书写作指南	玛丽·科尔	2018年7月
网络文学创作原理	王祥	2015年4月
写作教学		
小说写作——叙事技巧指南（第十版）	珍妮特·伯罗薇	2021年6月
你的写作教练（第二版）	于尔根·沃尔夫	2014年1月
创意写作教学——实用方法50例	伊莱恩·沃尔克	2014年3月
故事工坊	许道军	2015年5月
大学创意写作·文学写作篇	葛红兵 许道军	2017年4月
大学创意写作·应用写作篇	葛红兵 许道军	2017年10月
小说创作技能拓展	陈鸣	2016年4月
青少年写作		
会写作的大脑1——梵高和面包车（修订版）	邦妮·纽鲍尔	2018年7月
会写作的大脑2——怪物大碰撞（修订版）	邦妮·纽鲍尔	2018年7月
会写作的大脑3——33个我（修订版）	邦妮·纽鲍尔	2018年7月
会写作的大脑4——亲爱的日记（修订版）	邦妮·纽鲍尔	2018年7月
奇妙的创意写作——让你的故事和诗飞起来	卡伦·本基	2019年3月
写写画画故事书	白铅笔	2018年7月
成为小作家	李君	2020年12月
写作魔法书——让故事飞起来	加尔·卡尔森·莱文	2014年6月
写作魔法书——28个创意写作练习，让你玩转写作（修订版）	白铅笔	2019年6月
写作大冒险——惊喜不断的创作之旅	凯伦·本克	2018年10月
小作家手册——故事在身边	维多利亚·汉利	2019年2月
北大附中创意写作课	李韧	2020年1月
北大附中说理写作课	李亦辰	2019年12月

On Becoming A Novelist. First published as a Norton paperback 1999.

Copyright © 1983 by the Estate of John Gardner.

Preface Copyright © 1983, Raymond Carver.

Simplified Chinese edition © 2016 by China Renmin University Press
All rights reserved.

图书在版编目（CIP）数据

成为小说家/（美）约翰·加德纳（John Gardner）著；孟庆玲，伊小丽译. —北京：中国人民大学出版社，2016. 10
（创意写作书系）
书名原文：On Becoming A Novelist
ISBN 978-7-300-23303-1

Ⅰ. ①成…　Ⅱ. ①约…　②孟…　③伊…　Ⅲ. ①小说创作-创作方法　Ⅳ. ①I054

中国版本图书馆 CIP 数据核字（2016）第 195447 号

成为小说家
［美］约翰·加德纳　著
孟庆玲　伊小丽　译
王更臣　校
Chengwei Xiaoshuojia

出版发行	中国人民大学出版社		
社　　址	北京中关村大街 31 号	**邮政编码**	100080
电　　话	010－62511242（总编室）		010－62511770（质管部）
	010－82501766（邮购部）		010－62514148（门市部）
	010－62515195（发行公司）		010－62515275（盗版举报）
网　　址	http://www. crup. com. cn		
	http://www. ttrnet. com(人大教研网)		
经　　销	新华书店		
印　　刷	北京联兴盛业印刷股份有限公司		
规　　格	145 mm×210 mm　32 开本	**版　　次**	2016 年 10 月第 1 版
印　　张	5. 75 插页 2	**印　　次**	2021 年 12 月第 2 次印刷
字　　数	117 000	**定　　价**	39. 00 元

版权所有　侵权必究　印装差错　负责调换